大展好書 好書大展

大展好書 好書大展

文學叢書10

# 春花

陳長慶 著

# 人生海海情悠悠

## ——序陳長慶《春花》

陳延宗

在地球儀上要找金門真不容易，然而島嶼雖小，卻還是有百來個自然村座落四處；而在五個鄉鎮中，要找一間藏書豐富的書店卻也不是很容易的事。對於住在金城的我，找書、買書常成為到山外的理由。在這新的世紀裡，很高興又多了另一個到山外的新理由，那就是去訪友。

到山外拜訪的朋友當然不只一個，【長春書店】的陳長慶卻是常去拜訪請益的文友。祇因為踏進書店大門，既可看書又可與長慶兄談天說地，實在是踏足山外最佳的原委。當然，就如同許多來訪的朋友一樣，採訪時常會碰到白髮蒼蒼的老主人，站在櫃台前埋首振筆疾書；大家都知道，長慶兄就是在這種狀況下完成許多創作的。

曾幾何時，長慶兄開始學起電腦，彈指神功揮舞之間，將腦海的種種思緒化作隻言片語。對於十年前可能被視為出神入化的動作，在目前卻流行於全世界，甚至連小朋友都操作得非常熟練了。所以長慶兄初期使用電腦輸入法來創作，對他個人來說既新奇又實用。就像家用電腦的普及，網咖也開始橫掃到金門的各鄉鎮，青少年們都趨之若鶩。大人認為不可思議的事，卻經常莫名其妙的來臨。這不過在提醒我們一件事，那就是金門的生活根本是跟著台灣的模式遷動，更嚴肅的說，金門是這地球村的一份子，一切生活事務都會受到時代脈動的影響。

隨著世界民主潮流的普及，鄉親在嚮往民主、爭取權益之際，雖歷經一番辛苦，現在想得到的也握在手上，不想或根本想不到的卻也來了。「選舉」這玩意兒，實在令人又愛又恨，卻也惹出許多是非來。生活權益提高了，鄉親感覺收獲不少，卻也失去了許多。「選舉」是令人期待又怕受傷害的事件，「賄選」卻是令人百般推辭不去的夢魘。

長慶兄將觀察選舉文化的眾生相藉著鍵盤敲擊而出，《春花》於焉誕生。使用電腦這新奇產品來描寫賄選這新奇怪物，作者心中必是百感交集。長慶兄的小說創作，總是給人很生活化的感覺，是對過往的一段追憶，或者對己逝的錐心緬懷？還是對現實的全面省悟，以及對未來的一種期待？不同的讀者常有不同的解讀方式，同一讀者在不同的時刻又有不同的感受。

長慶兄的小說背景常是就地取材，亦是鄉親所熟悉與經歷過的，讀後讓我們彷彿又回到孩提時代去了。不論他的作品題目素材是什麼，讀來總會令人非常親切，甚至小說中常會有許多情節與他的經驗極其相似，而讓不少人誤以為作者就是書中男主角，他的小說，似乎是自我生活的真實告白。

讀者有這種感覺，是全世界小說家常會碰到的問題；這種誤會，更讓許多小說家造成不少困擾。這些誤會，對小說行銷而言有時是充滿賣點，有時卻模糊了讀者的焦點，把重心都放在作者的生活上。為了避免徒增額外的負擔，長慶兄變動了方式，他首次以第三人稱的觀點來開啓《春花》這個故事的序幕。

《春花》與其說是部寫實的小說，不如說是家鄉成長片段的記錄。在五十餘年的歲月裡，我們總是期待著春城無處不飛花的興緻，偶而卻僅有春花秋月何時了的落寂。《春花》想要告訴我們的，實際上是早已埋設在你我心中的點滴；作者以第三人稱來宣告這部小說的誕生，無非是把這個寶貴的機會讓給讀者，讓你我同步來揭開這序曲，一起溫習社會大學裡的點點滴滴。

金門這個蕞爾小島，是個典型的農村社會，百姓的個性十有八九都是質樸憨厚。在特殊的地理環境，與數十年的複雜體制下，讓這個特殊的島嶼蒙上更神秘的色彩。百姓長久承受異樣的待遇，可惜的不是該有的權利未能及時享受，可怕的是在苦難當中遺失了許多寶貴的資產。

在《春花》這部小說中，矮古伯仔代表著老一代的金門鄉親，代表著過去百姓生活中所緊守的堅持。早期百姓的生活雖然不是很富裕，但一畝田地總是種出一片希望，辛勤播種之後常會滿懷期待著收割。不管環境怎樣困窘，矮古伯仔始終如一地把每日的工作安排好。日出即到他的希望之田耕種，日落則回到他所依靠的家休息，沉穩厚重中顯現出對上天的尊敬與家庭的尊重，以及對這片土地的熱愛。

矮古伯仔的兒子空金，代表年輕的一代，金門人厚實純樸的個性處處可見，他們充滿著活力，卻常會禁不住外來的誘惑。年輕人容易衝動的特質，為他個人帶來一段不愉快的婚姻，讓家人共同體驗不一樣的歲月。為了和春花結婚，他不顧老人家的勸告，將一個特殊的女人迎娶進門，日子變得多彩多姿，但也搞得風風雨雨。

春花對於矮古伯仔一家而言，十足是個外來體。它代表著異樣文化的介入，她的出現，讀者一目了然地肯定她不是一個乖女孩。她不僅要嫁給空金，還要參選代表，十分懂得安排自己的生活。然而她的參選方式，卻採取不正當的手段，實際上也是許多候選人常用的伎倆。春花的出現，曾經左右過矮古伯仔一家人的生活，也嚴重影響到整個村莊，整個社會。一個花樣般的女子，通常會給人無限的暇思，就像金門鄉親心中經常存在著許多美夢一樣。青春年華藏不住熾熱的火焰，她倒也懂得應用天生本能，去求取一時的快樂。殊不知天外有天、人外有人。在她邁向新生活後，碰到了馬哥，乾柴烈火中各懷鬼胎，最後卻偷雞不著蝕把米。在執意與空金離婚後，馬哥也趁機瀟灑地以走為上策，徒留她獨守空閨。

「空金」給人的印象是老實純樸，人如其名的傻不隆冬的，被春花迷得團團轉而不自知。就在春花沉迷之時，幸而作者手下留情，安排空金知錯而改，否極泰來，終能過著平實而快樂的生活。然而在這個社會裡，卻有許多比空金「更空」的人，平時為了一點小利而斤斤計較；選舉時卻為了千百元的賄賂，甘願將自己的幸福葬送在他人的手中。這些現實中的空金，尚不知何時才能獲得上天的憐憫與關愛？

故鄉金門，在追求現代生活的旅程中，一路走來，的確非常辛苦。空金之碰到春花後所受的折磨，比之金門追求現代生活、爭取權力所受的罪，實在是小巫見大巫。在這塊土地上，鄉親們當然希望能過一個更好的日子，但每到選舉時，大家又如著了魔似的，任憑有心人擺佈。就像空金一味的迷上春花一樣，始終沉醉在甜蜜的情網裡，深陷囹圄卻不自知。

在追求民主、崇尚權力之時，貴為萬物之靈的人類，卻常會犯下比任何動物還愚昧的錯誤。為了少數的金錢，短暫的利益，甘願把自尊甩在一邊，貶低自己的身價，去屈就於邪惡卑劣的手段，殊不知未來的前程就此葬送在他人的手中。很可惜的是，金門在歷史的軌跡中，竟然也步上這個後塵，令人憂心又無奈。

《春花》這本小說，就是在擔憂這種無奈，蕞爾小島那有什麼本錢去跟這個世界比？只不過是鄉親彼此間的親和力，對這個島嶼的向心力，大家都能如同一家人，相處在小島上罷了。然而，由於島民卻宿命似地受限於四週的海域，未見怒潮澎湃的胸懷，但見偏頗狹隘的胸襟，始終無法體會眾志成城的真諦。

長慶兄憂心歸憂心，字裡行間卻對故鄉充滿期望。由於他的仁慈，春花回心轉意，一番懺悔之後，以實際行動來表示她是真心地在贖罪。這似乎是違反了小說創作的某些原則，因為小說佈局是講求越曲折越精彩，故事發展是強調越詭異越吸引人。《春花》自始即以平實的手法來鋪成整個故事的發展，未見煽情惹火的情節，但因字裡行間儘是活生生的經驗，所以令人矚目，令人想一口氣把它讀完。

《春花》這部寫實的小說，鄉親讀來有如在對自己作一番省察，或對這個社會作一番回顧，若是在選舉前後讀來則應更有體認吧！這部小說，若要找出它的缺點，我想「從此王子與公主過著快樂美好的生活」似的結局該是唯一令人異議的缺失吧！長慶兄冒然觸犯寫作法則，知其不可為而為，卻是慎重的表現出對故鄉的一種盼望，一份真心的期待。

作為《春花》的讀者，我是要對作者提出抗議；由於他的仁慈，所以女主角改過遷善的變好了，讓讀者未能看到更曲折精彩的結局。身為金門的鄉親，我卻要對長慶兄表示敬佩；因為他的關心，對於故鄉始終未放棄希望，讓鄉親充滿信心的期待著更美好的未來。我想祇有像作者一樣真正嚐過苦難滋味的人，才會珍惜每一個活著的時刻，每一個與人和睦相處的機會。

因為生活本身就是一種藝術，而人是大自然中藝術創作的一部份，懂得生活的人卻是大自然中最佳的藝術創作者。金門雖是大自然的小海島，《春花》一書卻透露出鄉親千萬不要妄自菲薄，我們無法祈求太平洋上天天風平浪靜，但可以要求自己心田裡時見海闊天空，而鄉親的和諧融洽則是未來榮景最佳的註解。

金門這個島嶼，曾經失去了春天，何時會尋回鄉親的春天，也許大約在冬季。而此刻冬天已到，春天還會遠嗎？長慶兄的《春花》，正是告訴了你我這個可愛又寶貴的訊息，春天實際都藏在我們的心裡，放開心胸，則是滿庭芬芳，處處留香。

配合時代的脈動，長慶兄改以電腦來創作，並首次以第三人稱出發，不僅與時代的腳步更契合，且與讀者的距離更貼近。《春花》完全是與讀者同一個角度去看金門，去看未來。鄉親若能常保眼睛的明亮，則能看得更深遠，常讓心胸更開闊，未來反而更寬廣。使用電腦工作是種時代的趨勢，保有自然的心卻是恆古不變值得謹守的生存法則。

《春花》裡的空金與春花是由作者為他們的生命下註腳，現實中的鄉親則有待你我為自己的未來做判斷。我們希望新的一年能春城無處不飛花，富貴安康到每個鄉親的家。長慶兄的《春花》正述說著：

「你我心中都有一朵永恆的生命之花。」而親情與真心正是它綿綿不息的泉源。

金門這片不能被出賣的淨土，我們不能祈求她四季如春，但願生長在斯地的鄉親，都能享有自然的四序運轉與代代豐年。在金門這片仍待開墾的文學田園裡，《春花》讓我們回顧多少往事，我們期待在文學領域上，有更多的繁花怒放，錦繡浯鄉。我們也期盼長慶兄，在《春花》之後，繼續呈現纍纍果實，讓我們分享更豐富的文學饗宴。

二〇〇一年十二月十五日於浯江

# 目錄

# 某政客

——咱的故鄉咱的詩

某政客　誠趣味
滿腹道理佮仁義
九點開會十點到
點紅熏　哈燒茶
尻川坐未燒
程序先出喙
大聲細聲吱吱叫
毋是雷佇霆
親像狗放屁
官員看著伊　毋敢呻聲擱哼氣

審預算　無半撇
貸方借方攏毋捌
損益負債伊看無
拄怪官員虎蘭畫
主計來解釋　見笑轉受氣
伊祖公　恁祖媽
摔椅摔桌亂亂操

某政客　誠夭壽
千聲萬聲為選民
好康逐家來相報
咱門口是暗摸摸的紅赤土
伊的豬椆邊
有路燈佮紅毛灰路
鄉親有事來拜託
喙唸龜粿粽　紅包隨汝送

討淋　討食　擱要抓
燒酒一攤續一攤
媌仔一個換一個
看著有錢人　遠遠著點頭
看著甘苦人　一步無走到
用錢買官做　人格隨水流

某政客　誠臭屁
吃肉吸血免擦喙
政治這條路
看來平波波
走起烏趖趖
人講舉頭三尺有神明
歹路走儕會拄著鬼
勸伊拜佛復修行
才會得著好報應

某政客　免歡喜
這屆選舉是春天
春天花蕊芳　日頭艷
咱的鄉親袂擱受人騙
數想用錢來買票
拳頭拇大粒嘛無人驚
十年河東復河西
地球圓圓輪流轉
上台總有落台時
毋通袂記咧　伊貴姓
毋通袂記咧　伊貴姓

二〇〇一年五月　於新市里

# 寫在前面

親愛的讀者們：

《春花》是我首次以第三人稱創作的一篇小說，文中的人物故事確係虛構，如與實際人生相若，純屬巧合。當然我們也深信，文學脫離不了人生，虛構的作品，有時恰與實際人生雷同，冀望讀者們，能以看小說的心情，讀完每一個章節，對文中的人物或故事，毋須加以臆測和聯想。

# 1

此刻他所要面對的，並非是與這片土地有所糾葛，而是如何把一條即將腐爛的根，讓它在這片土地重獲新生。

天氣漸漸涼了，冬的腳步近了。四年一次的選舉也同時降臨，小小的島嶼被炒得熱鬧滾滾。然而，國父孫中山先生的「選賢與能」，在這個現實的社會卻不能「貫徹始終」。選民素質的低落，總敵不過政客的謊言、銀彈的攻勢。任你有滿腔的熱血，滿懷的大志，想來一次乾淨選舉、君子之爭，如果缺少臨門的「一彈」，依然只能在殿堂外面徘徊，在睡夢中當選。

經過多方面的評估，以及眾家的慫恿，空金決定推出他的太太春花出來選代表，因為春花生來一副俏模樣，人美嘴也甜，雖然書讀不多，又出身在酒店，但這些似乎不重要，俗語說「英雄不怕出身低」，只要能當選，就是人人羨慕的民意代表，誰還記得她曾經在酒店、出賣色相，陪著客人飲酒作樂。

選舉，除了人外；最現實的問題就是錢。錢，人人愛；看到一百元的孫中山「爽」。

錢，不嫌多；看到一千元的蔣中正「更爽」。

然而錢從那裡來，空金和春花經過盤算，勉勉強強僅能籌到十幾萬，雖然是小選區，若依人口比例、候選人數，必須有三百票的實力才能當選。如以每票一千元計算，得花三十萬，再加上樁腳的酬勞、文宣品、宣傳車、茶水、香煙、便當……等等，少說也得花上五十萬，還差三十餘萬。如果向親友借，非旦不易，而且也會惹人笑。

春花靈機一動，高興地對空金說：

「找阿爸。」

「找阿爸？」空金重複她的語氣，「阿爸沒有錢啦。」

「說你戇，你不承認，」春花指著他的額頭，笑著說：「我看不戇多、也戇少，阿爸有房子又有地呀！」

「妳要阿爸賣房子、賣地？」空金訝異地問。

「不是啦。」她伸出手指，如意地盤算著，「我們可以把房契、地契，拿到銀行去貸款。」

「要怎麼還呢？」

「一旦當選油水可多呢，出席費、車馬費、公關費、補助款，還有許多搞不清名目的錢，除了還貸款，也足可讓我們有好日子過。」春花得意地說。

「阿爸會答應嗎？」空金心有疑慮地說。

「阿爸是一個沒見過世面的鄉下人，整天與田為伍、與牛為伴，守著那幾畝旱田，永遠翻不了身。」春花說著，烏黑的大眼睛一眨，一絲鄙夷的眼神隨即在眼裡閃爍，「無論如何，我們要說服他、開導他。」

空金亦有同感地點點頭。不錯，從他懂事開始，阿爸就沒有過過一天好日子。黑色的粗布衣衫，袖管與褲管同時捲起；古銅色的皮膚，深深地銘刻著歲月的痕跡。清瘦的面龐，深凹的雙頰，銀白的髮絲快速地在他頭頂上擴散；髮間夾著黃色的沙塵。髒亂的頭髮對一位老農夫來說，猶如天天聞到的水肥味一樣，是那麼的自然。癢了、亂了，就用粗糙又沾滿污垢的手指抓一抓、抹一抹。掐指一算，老伴整整離開他十幾個年頭了，他從未想過，要讓自己過甚麼樣的日子，唯一的，只想把空金養育成人，除了傳宗接代，繼承香火，將來老了也有一個依靠。因此，他日日月月默守著老祖宗留下的這片田地，無怨無悔，依時序耕耘和播種，從未離開家鄉一步。然而，孩子似乎沒有他想像的那麼聰穎，過於老實變成憨厚，自己沒有什麼主見，易受他人的擺佈和慫恿。因此，同齡的村童不喚他的本名王誠金，而叫他「空金」——「空」的本地話是「戇」的意思，起初他是很生氣的，很排斥的。然而，久而久之，由小到大，雖不樂意，但也得承受用「空金」這個不雅的名字，呼叫自己的孩子。仔細想想，自己何嘗不是也如此，因為生得矮小，老一輩與同齡的村人叫他「矮古海仔」，孩子們喚他「矮古伯仔」，反而他的學名王天海卻很少人知道。但人的名字只是一個符號，「矮古」也好，「空金」也罷，只要好記、好叫，其他的並不重要，想到這裡，他們父子的內心也就坦然多了。

空金讀完高職農科後，矮古伯仔原以為他能學以致用，幫他從事農耕工作，父子倆可同心協力，把幾塊原已休耕的旱地，重新開墾，加以利用，一方面可增加一點收成，另一方面也對得起先人。雖然只是一方小小的旱地，先人為了開墾它，不知流了多少血汗，傳到他們這一代，非旦不能發揚光大，還把它給荒廢了。只是沒有幫手，空有理想和抱負，又有何用，這也是矮古伯仔一直耿耿於懷的。

空金既然沒有務農的意願，也沒有學得一技之長，當完了二年兵，退伍後，在酒店謀得一份少爺的工作。他穿起了白襯衫、黑長褲，繫上紅色的領花，留了西裝頭，好一個小帥哥。或許是因為他的憨厚和勤勞吧，當然還有一顆處男的心，隨即博取酒女春花的歡心。因而，他們戀愛了，一個是情場老鳥、酒國煙花，一位是情場新手、酒國新貴。於是，他跟她學會了吸煙、喝酒，偶而再來摸八圈，甜蜜的生活讓他如痴如醉。終於，他的處男失身在性經驗較他豐富的春花身上，這是他人生歲月的第一次，但不知是她的第幾次。或許在茫茫的酒海裡，她不願繼續沉淪，急欲尋找的是一個忠厚老實、年青力壯又可靠的男人，空金正符合她的條件，雖然她大他二歲，但在漫漫的人生歲月裡，又何妨。

起初，矮古伯仔對他倆的交往一直持反對的態度，在這個民風淳樸的小農村裡，怎麼能容下一位酒女媳婦。尤其是經常在三更半夜，喝得醉醺醺地回家來敲門，在他老人家面前又摟又抱的親熱狀，讓他感到噁心。然而，好戲還在後頭呢，他們竟那麼不要臉地門起房門，睡在一起。從門縫傳來一陣陣輕浮的嘻笑聲，以及男歡女愛的成人遊戲聲浪。矮古伯仔雖然是過來人，但在他們那個年代，未婚的女子，大部份都是守身如玉的「在室女」，那有現在這幅情景；是否社會進步了、開放了，還是自己年老而不自知。或許什麼都不是，更不能把責任都歸咎於這個社會，所有的責任，乃要自己來承擔，因為為人父母者，沒有把子女管教好，讓他們成為這個社會的敗類。雖然他們已成人，必須為自己的行為負百分之百的責任，但學校似乎並沒有把「責任」這二個簡單的字，做更深一層的剖析，讓他們深入探討，而後去瞭解它的真意，致使他們只追求感官的享受，沒有責任感可言，只要他們喜歡，沒有不能做的事；羞恥心、責任感在他們內心裡，永遠是一個沉重的名詞。

空金正沐浴在「水深火熱」的愛河裡，對於矮古伯仔的規勸，雖沒有激烈的反抗，但一直採取，左耳聽、右耳出、「有聽、沒有懂」的漠視姿態。對春花更是百依百順，體貼有加。當然他更相信，家鄉有一句俗諺「娶某大姊卡好坐金交椅」，只要能娶到春花，不愁將來沒有好日子過。因而，他們套好了招數，抓住矮古伯仔老實可欺的弱點，略帶威脅地說：

「阿爸，春花是一個好女孩，雖然在酒店上班，但自從我們認識交往後，她就沒有再讓客人帶出場。」

「是好、是壞，你比我清楚，」矮古伯仔氣憤地說：「一個在酒店打滾的女孩，能好到那裡去！」

「阿爸，那是我自己的選擇。如果你堅決地反對我們結婚，我們只好走！」空金愈說聲音愈大，「到時你不但少了媳婦，也沒有了兒子！」

矮古伯仔一怔，萬萬沒有想到，自己一手拉拔大的孩子，竟會說出這種沒良心的話。他的心冷了半截，他的血液在噴張，久久說不出一句話，任由淚水爬滿著多皺的老臉，也在自己苦難的一生，投下一個變化球。

自從父子口角過後，空金已好幾天沒有回家了，當然他身邊有春花，寂寞二字對他來說是不存在的。而矮古伯仔呢，他已多日不思茶飯，也無心農耕，每天把牛拴在大樹下，呆呆地坐在田埂上，猛烈地吸著煙，低聲地嘆嘆氣。時而望望天，時而看看這片歷經多少災難的土地。守住這片土地，猶若守著老祖宗的神魂，他無怨無悔地過了大半生，把青春奉獻給泥土，換來的是一臉的溝渠，一顆蒼老的心。然而，此刻他所要面對的，並非是與這片土地有所糾葛，而是如何把一條即將腐爛的根，讓它在這片土地重獲新生。而要如何來扶植它呢？或許是不能澆太多的水，不能施太多的肥；如何才能恰到好處，的確要考驗他三十餘年的農耕智慧了。

不答應他們的婚事，就誠如兒子所說，少了媳婦也沒有了兒子。一旦把酒女娶回家當媳婦，又將如何來面對供桌上的列祖列宗，還有純樸保守的鄉親父老。

他仰起頭，凝視著遠方青青的草原，凝視著巨巖重疊的山巒，因而，他的視野變寬了、變廣了，寬廣的視野讓他做了不一樣的抉擇。

「依了他們，依了他們。」他喃喃自語地，「娶婊來做某，卡好娶某去做婊。」

他順手拔起一欉野草，即將腐爛與新生的根糾纏在一起，新生的根讓草兒茁壯，腐爛的必須回歸到塵土，這是自然的定律。人，何嘗不是也如此，在短暫的人生歲月裡，還想計較什麼？企求什麼？他牽起了牛，步履蹣跚地走在回家的小路上……。

矮古伯仔屈服了，空金和春花高興了。小小的家庭，在一瞬間回歸到年輕人的天下。他已蛻變成一個沒有聲音的老人，一隻垂垂欲死的老病貓，凡事由年輕人做主，由強勢的媳婦做主；但願孩子，不要淪落成春花的玩物，玩膩了甩一邊……。

## 2

他索興坐在田埂上，看看這方泥土，看看這片賴以維生的土地；房契地契雖然只是一張紙，一旦失去它，也同時失去了保障。

矮古伯仔直起身，脫下箬笠，在面前輕輕地扇著，無力的眼神，凝視著肥大的芋頭葉。他伸手一捉，用力一掐，一條肥大的芋蟲隨即肚破腸流。他熟練地用剛拔下的青草擦擦手，手上殘存的液體再抓一把田土搓一搓；而後俯下身，矮小的身子隨即被芋頭莖葉所遮掩。今年的雨水多，雜草長得快，芋蟲也格外地肥大，把掌大的芋葉啃食得猶若蛛蜘網，如果草不拔，蟲不捉，它將直接地影響芋頭的成長。

「阿爸，阿爸，阿爸。」

驀然，他聽見一陣急促的喊叫聲，是阿金、是阿金。他緩緩地站起身，伸直了腰，並輕捶了二下龍骨，而後高聲地說：

「阿爸在這裡，阿爸在這裡。」說完後，緩緩地走向田埂。

空金快速地跑來，氣喘如牛又興奮地搖晃著他的雙臂說：

「阿爸，好消息，好消息！」

「好消息，什麼好消息？」他不解地問。

「春花決定要選代表，而且我們已經拜訪過村長、鄰長，他們都再三地承諾要全力支持。」

「選舉是要花很多錢的，你們有沒有盤算過？」

「老早就算過了，大約五十萬吧。」

「五十萬？」矮古伯仔臉色一變，褲管裡有涼涼的尿液滴下。是驚嚇過度？還是被這個突如其來的天文數字，讓原本就無力的膀光也哭泣。他強忍了一下，讓輸尿管的尿液回流到膀光。在這個家庭裡，他已經沒有生氣的權利，只能輕輕地嘆嘆氣、吞吞聲，一切就由他們來決定吧。

「阿爸，經過再三的評估，春花絕對有勝選的希望，雖然要化一筆錢，但絕不是血本無歸的賠錢生意，而是一種投資，相信四年的報酬率會有它的好幾倍。」

「五十萬，你們有五十萬？」他有氣無力地問。

「還差三十幾萬。」空金冷冷地答。

「還差三十幾萬？」矮古伯仔聲音低低地，重複他的語氣。

「阿爸，經過我與春花商量的結果，先把我們家的房契、地契拿到銀行辦理抵押貸款，以後……」

「什麼？」沒等他說完，矮古伯仔鐵青著臉，尖聲地搶著說：「拿房契、地契去抵押？」

「阿爸，你不要窮緊張好不好！」空金擺出一張難看的撲克臉，雙手插腰，猶如老子教訓孩子般地說：「房契地契放在銀行與擺在家裡有什麼差別？房子我們照住，田地我們照耕，又有錢可用，你真是老昏了頭，連這點都搞不清！而且我們會還的，會還的！只要春花順利當選，不要一年半載，我們會還得一清二楚，一清二楚！」

矮古伯仔默不出聲，也不再回應什麼，蹲在田埂下，燃起一根煙，猛力地吸了好大一口，而後又用力地把它吐出來；一次次、一遍遍，他彷彿吐出的不是煙圈，而是血，而是血！是血又怎樣，誰會來憐憫他呢？萬萬沒想到，這個「了尾仔囝」，竟然動起房契地契的念頭，當然他也清楚，是誰出的好主意，就憑空金這個戇小子，怎麼會知道房契地契還可以到銀行抵押貸款呢？

「阿爸，我跟春花還要去拜訪椿腳，記住：回家後把房契、地契、身分證、印章，統統拿出來。」

矮古伯仔站起身，目送這個了尾仔囝的身影，消失在東邊的林木裡。他又蹲下身，而後索興坐在田埂上，看看這方泥土，看看這片賴以維生的土地。是的，房契、地契雖然只是一張紙，但卻是所有權狀，一旦失去它，也同時失去了保障、失去這片土地，這點他怎麼會不懂。只是人老不中用了，一切一切必須受制於晚輩，受制於這個現實社會裡的新新人類。他長嘆了一口氣，滿腹辛酸和苦楚並未得到紓解。他想死、想要上吊、想要跳海、想要早日上陰間，找老伴看爹娘。

他已無心再拔草、再除蟲。悶熱的氣候，鬱卒的心情，汗水已濕了他的衣裳。他抬起頭，雙眼凝視著芋田，突然地俯下身，抓起一把泥土，猛力地拋向田間，高聲的喊著：

「讓野草把你纏死，讓蟲兒把你啃光！」説完後，又丟下一句：

「幹恁娘！」

3

誠然她有滿懷的理想，滿腹的經綸，又有一顆熱忱的心，但總敵不過一張美麗的臉，一顆虛僞的心，還有蔣中正和孫中山。

選舉是一樁勞民傷財的事。

當選了，當然高興；一旦落選，則欲哭無淚。

出身酒店的春花，身材高眺，長髮彼肩，皮膚白皙，能言善道，除了長得俏麗，更懂得妝扮，在眾多的女性候選人當中，更凸顯出她的不凡。然而，她自己也清楚，學歷與出身是她最弱的一環，也是對手鎖定攻擊的目標，但他似乎不在意，更無意把自己塑造成政壇上的玉女，唯一的是——只求當選，不擇手段。

坦白說，在這個小小的島嶼，在一個小小的城鄉，一個小小的民意代表，她能發揮什麼樣的功能？能夠為人民提供什麼式樣的服務？而候選人為什麼會那麼多？為什麼有人願以金錢來換取選票？為什麼人與人之間不和睦相處，為了選票分黨分派，血腥相對？總而言之，它的最終目的是為了個人的私利，「賢」與「能」在他們內心裡未免太沉重了。如果有心要替鄉親父老服務，是否需要一個冠冕堂皇的頭銜？還是為了在殿堂上有保護傘，可以胡作非為，大放厥詞。或以掀桌擲杯的激烈手段，刪減預算做要挾，迫使官員就範，以達到謀利的目的。

多數候選人的政見，並沒有新的創意和遠見，依然停留在舊有的框架上，或是在半空中畫大餅，看得到吃不到。這些招數選民已是司空見慣，非但低俗，幾乎沒有賣點。而美女牌是否管用？是否能為這次選舉帶動一股新風潮？當然，給選民一個好印象是非常重要的，內心的醜陋永遠會被美麗的外表矇蔽。或許選一個風度好、氣質佳、懂得修飾、善於包裝、美麗大方、能言善辯的民意代表，總比一張醜陋的臉來得順眼吧。誠然她有滿懷的理想，滿腹的經綸，又有一顆熱忱的心，但總敵不過一張美麗的臉，一顆虛偽的心，還有蔣中正和孫中山。

春花除了人緣好，又懂得一些竅門，畢竟她是從很遠的大城市來到這個小島嶼，或許過的橋比別人走的路還多呢。對工作人員從不疾言厲色，對椿腳的需求從不打折，但這些總是要付出代價的，天下哪有白吃的午餐。

抽籤的結果揭曉了，春花抽中的不是籤王而是「十三」號。

「十三」就數字而言，只是一個符號，並不代表任何特殊的意義。但人卻喜歡在數字上玩遊戲，「十三點」往往被附加在一位不太正經的女人身上，也是俗稱的「三八查某」。而酒店出身的春花，是否會與這個號碼脱不了身，被譏為「十三點」或「三八查某」？她似乎沒有想過這個問題，也不會因抽中「十三」號而引以為忤，彼上「十三林春花」的彩帶，更是神完氣足，信心滿滿。

「各位鄉親父老兄弟姊妹：大家好。我是十三號林春花，承蒙各位的愛護和疼惜，讓我有機會參加這一次的選舉。雖然我來自海的那一邊，自幼也因貧困的家境而失學，長大後卻在這個污濁的社會打滾了好幾年。今天有幸成為這個島嶼上的媳婦，讓我感到驕傲。夫家世代務農，誠樸傳家，以誠待人，『誠信』也是我要追求的目標。身為公眾人物的民意代表，如果沒有『誠』她焉能為鄉親服務，如果『誠』而『無信』，又有何格來參與此次的選舉。諸位已看過我的文宣，我的政見也寫得清清楚楚，俗話說『澎風水雞殺嘸肉』，相信選民的眼光是雪亮的。我再三地向各位鄉親父老兄弟姊妹保證——

只要我當選，絕不把路燈架在我家的大門前。

只要我當選，絕不把曬穀場鋪在我家的門口埕。

只要我當選，新修的馬路絕不以我的名字來命名。

只要我當選，絕不包山包海，盜採沙石。

只要我當選，絕不向選民索取紅包，收受不當利益。

只要我當選，絕對在各村里設服務處，隨時為選民服務。

只要我當選，絕不會四年後選舉時，才見到林春花。

只要我當選，絕不容許少數不肖的公務員，上班時泡茶聊天，奇裝異服。

只要我當選，監督市政，嚴控預算，絕不與不肖官員同流合汙。

只要我當選，選民永遠是我的頭家，不管對手用『三八春花』、『十三點』、『歹查某』來醜化我，但我服務鄉親的心永遠不變！服務鄉親的熱誠永遠不會減溫！

謝謝，謝謝。謝謝，謝謝。謝謝大家！謝謝大家！」

春花說完後，深深地向台下一鞠躬，直起身後，又舉起雙手，向台下不停地揮著揮著。一陣陣熱烈的掌聲，把她送回候選人的坐位，才停止。她的聲勢與氣勢已達到了沸點，加上椿腳佈下的「銀樁」，距離當選的腳步不再遥遠，「民代」的美夢終將成真。每夜，拖著疲憊的身軀，在空金温馨的懷抱裡，沾沾自喜，偷偷地笑著，笑著：：

：：

4

任何的臆測，對她來說都不重要，因爲當選的事實已擺在眼前，落選者不服氣也得服氣。

林春花，當選！

林春花，當選！當選！

林春花，當選！當選！當選！

震耳的鞭炮聲響起，親友的歡呼聲在耳旁繚繞，當選的滋味是甜蜜的，落選的滋味是苦澀的。林春花的當選，是她美麗的容顏在發酵？抑或是散發的銀子起了作用？或許是她的政見和保證獲得認同？任何的臆測，對她來說都不重要，因為當選的事實已擺在眼前，落選者不服氣也得服氣，正經八百「十二點」的紳仕淑女選不上，偏偏讓「十三點三八春花」選上，這能怪誰呢？怪東怪西，怪來怪去，還是要怪自己。因為誤判了「突飛猛進」的社會，忘了選民「素質」已提高，他們冀求的已非傳統的「賢」與「能」，而是政客美麗的謊言，以及人見人愛的蔣中正，還有偉大的國父孫中山。

經過結算，春花的競選經費與原先估算的差不多，他們也正式背負著三十餘萬元的債務。一個小小的民意代表，每月所具領的各項津貼，是否真如他們所想像的那麼高，還是另有其他的額外收入？這是一般選民無法瞭解的。三十餘萬的貸款，每月固定的利息錢，少說也得好幾千，而母錢要什麼時候才能還清呢？矮古伯仔的房契地契，何年何日始能把銀行的第一順位塗銷？或許，總有一天吧！

春花的當選，最高興的當然是空金，因為他有一個當代表的老婆，是否他的身分也相對地提高？還是只是「代表」身旁的侍從——一隻令人討厭的哈巴狗。當然外界如此臆測對他來說是不公平的，至少他們是同眠共枕的夫妻，在酒店那段美好的時光，也曾經是革命的伙伴；偶而地，還自告奮勇充當馬伕，把她送到與恩客約會的地方。而且為了娶她，幾乎和矮古伯仔鬧翻臉；為了讓她參選，還把家中的房契地契拿去抵押。僅憑這些，空金相信，春花是沒有理由不尊重他的。

「阿金，我們雖然打贏了這一仗，但往後要面對的問題和瑣事可說多得很。除了定期會、臨時會，替選民解決問題，參加紅白喜事，還要交際應酬，時間可能會不夠用。」有一晚他倆躺在床上，她輕撫著他的臉，柔聲地說。

「代表真會那麼忙嗎？」空金疑惑地問：「不是除了開會外，其他時間都可在家等領錢？」

「天下那有哪麼好的事。」她輕輕地擰了他一下臉。

「其實這些對妳來說都不是問題，開會時，喝喝茶，聽聽人家的報告；選民有事來拜託，隨便應付應付；逢到喜事送份小禮，吃它一頓；碰到喪事送塊白布，鞠鞠躬；交際應酬更難不倒妳，妳的美麗和氣質沒人比得上，妳的酒量和口才齊佳，麻將的功力也不在話下……」

「有完沒完？」春花興奮地又擰了他一下，突然翻起身，用她高挺的雙峰，緊緊地壓在空金的胸上，而後嗲聲嗲氣地說：「下一句呢？」

「床上功夫也是一流的。」空金笑著說。

「三八，三八！」春花嬌聲地笑著，又用手指輕輕地搔著他的腋下。

怕癢的空金緊緊地把她抱住，快速地用舌尖堵住她的嘴。曾經在紅塵中打滾的春花，或許一切都勝過小她二歲的空金，包括微妙的男女關係，以及閨房裡的成人遊戲；外面的花花世界，複雜的人際關係，就不必多說了，這或者就是「某大姊坐金交椅」的典故吧。

「坦白說，我做夢也沒有想到妳會當選。」當激情過後，當春宵的高温冷卻時，空金輕握春花的手，幽幽地說。

「這世界想不到的事情多著呢，」春花望著幽暗的天花板，「一個曾經為了生活，為了錢，在社會的黑暗處求生存的酒女，她竟能成為人人羨慕的民意代表，讓她擠身在上流的社會裡。曾幾何時，因家庭的驟變，因少女時的無知，被一隻惡魔所蹂躪，讓她走上紅塵的不歸路。因而她沉淪、她墜落，為了幾文小費，雙乳被魔手揉搓得又紅又腫。老酒鬼、老色魔，在她的體膚上下其手，被抓得傷痕累累。一次一次地讓客人帶出場，一遍遍做為男人洩慾的工具，是你讓她重生，是你讓她找回尊嚴和顏面，是你給她一顆處男的心，卻從未嫌棄她非完璧之身，也不計較她的從前和過去，這是多麼地難能可貴呀！」

春花說完後，輕輕地撫著他的臉，一遍遍輕輕的撫摸著。

「春花，依妳的容貌，回到妳的故鄉後，可以找到一個比我更好的男人。我們都知道，這是一個處處充滿著虛偽的世界，人容易被騙，也善於騙人，妳不幸的遭遇，只要編一個動人的故事來博取同情，誰會把『完璧』或『非完璧』寫在自己的臉上。但妳選擇的卻是一個從小被定位在『空』和『戇』的男人，這不知是妳的不幸，抑或是我的幸。」

「是你的幸，還是我的不幸；是你的不幸，還是我的幸，時間總會給我們最好的答案，似乎輪不到我們來操心。再過三天，你就是林春花代表的先生了，是幸？還是不幸？沒有人比我們更清楚。睡吧，夜深了……」

「是的，夜深了……」空金喃喃地說。

# 5

複雜的政治圈，裡面隱藏著許許多多不良的文化，有的求官、有的貪財；有的好酒、有的喜色；有的逢迎、有的拍馬。經過時間的沉澱，政客的獠犽、官員的嘴臉，都會無所遁形地浮現出來。

矮古伯仔肩挑著水肥，手牽著牛，步履蹣跚地往溪埔的番薯田走去。幾十年來，他別無選擇，與這片土地相依為命，翠綠的山林，青蒼的田野，彷彿就是他的家，而孕育他成長的大地又何嘗不是他的母親。人到了老年，內心的空虛與日俱增，惟有來到這片山林，惟有腳踏這片土地，才能領會到生命的真義。

對於春花當選代表，矮古伯仔的內心似乎沒有特別的興奮，唯一牽掛的是什麼時候才能把房契地契拿回來，放回那個生鏽的鐵盒裡，其他，都是次要的。今天春花將在村公所，宴請支持她當選的樁腳，至於席開幾桌？請些什麼人？他不會過問，他永永遠遠都不會去過問；也不會去參加，死也不會去參加。因此，他與平常沒有二樣，來到山林野地，呼吸著泥土散發出來的芳香。

空金凡事聽「某嘴」，讓他感到寒心，而春花處處展現出女強人的高姿態，把空金壓得翻不了身，怎能不讓他心寒。尤其春花已當上了民意代表，走的是政治路線，複雜的政治圈，裡面隱藏著許許多多不良的文化，有的求官、有的貪財、有的好酒、有的喜色、有的逢迎、有的拍馬，經過時間的沉澱，政客的獠牙，官員的嘴臉，都會無所遁形地浮現出來。春花將來必也是跟那些政客和官員在互動，空金在她心中的份量或許會更卑微，更渺小，將來會有什麼樣的變化，任誰也不敢預料，這也是矮古伯仔一直感到憂心的。

矮古伯仔捲起了褲管，俯下身，把番薯籐向右移轉，順便拔除籐頭的野草。他的肢體，他的腰，已沒有從前那麼地靈活了，幾趟來回，不得不停下來，伸伸腰，捶捶背；多少次，好心的鄰人都會異口同聲地對他說：

「矮古伯仔，孩子已經長大了，媳婦又是民意代表，不要那麼辛苦啦，該在家享享清福啦！」

他只是微微地笑笑，默默地無言以對，「清福」二字他消受不起，似牛像馬般的拖磨，才是他人生歲月所必須承受和面對的。因而，他無怨無悔，只要擁有這片土地，他生存的每一個日子，每一個時刻，都是美好的、充實的。況且，人生之路即將走完，西歸的腳步也已啓動，還想與這個世界計較什麼？

他緩緩地步上田埂，走近低頭啃草的老牛身旁，輕輕地拍拍牠的背，輕輕地撫著牠那光亮的體毛，情不自禁地說：

「牛啊，我們的一生是多麼地相似呀！」

老牛抬起頭，嘴嚼青草，牠的靈性是否真與主人的思維相呼應；還是同情主人也遭受與牠相同的命運。他無語，牠無聲，且讓時光快速地走遠吧，勿留人影向黃昏：：：。

他燃起一根煙，並沒有燃起一絲希望，白色的煙圈在大地繚繞，希望卻在一瞬間幻滅，人生那有完美的構成，美夢亦難成真，縱然歲月腐蝕了他的身軀，他也將與這片土地共存亡：：：。

矮古伯仔想著想著，情不自禁地淚雙垂，淚雙垂………。

# 6

儘管她學歷低，出身卑微；然而，她的美麗勝過一切，她綿密的思維，有條不紊的問政風格，讓不肖的官員一個個灰頭土臉。

宣誓就職的那天，春花穿了一套粉紅色的洋裝，白色的高跟鞋，飄逸的長髮披肩，淡淡的妝扮，白皙的皮膚，呈現在眾人面前的是成熟的少婦之美。而她那高貴的氣質、迷人的丰采，隨即引起一陣騷動。無論是公所的官員，新舊代表，莫不豎起拇指稱讚她的美麗。當然，批評的聲浪也不斷，她的身分，她的夫婿，更是眾家討論的焦點，因為美麗本身是一種錯誤和罪過。對於一些耳語，春花絲毫不介意，她從不否認自己出身在酒店，在酒店上班的那段時光，為了生活，為了錢，她學會了修飾和包裝，把醜的化成美，用美麗的謊言博取客人的歡心，把虛偽的外衣加以粉彩，露出二顆男人最愛的小豆豆，用色來迷惑男人，用色來換取金錢，把自己包裝成一個神聖不可欺的「在室女」。今天，沒人能折穿她的假面，她的代表身分如假包換，亮麗的外表、高尚的氣質、入時的服飾、一流的口才，又有誰能與她相媲美？雖然她的先生有一點「戇直」，但卻是一個正常的男人，他能滿足她一切的需求，更重要的是給她一顆彌足珍貴的處男心，對她更是百依百順，體貼有加，如此的丈夫，她還有什麼苛求的呢？或許，唯一的缺點是在將來的交際應酬上，她已是一個有身分的政治人物，得體的外表讓她很自豪，流行的服飾更凸顯出她的端莊婉約，美麗大方。而空金穿著隨便，不修邊幅，不善言詞，一旦出現在同一個場合，對她來說，顯然是負面的。關於這一點，她也曾經思考過，屆時必定是她主外，他主內，單飛遠勝雙人行吧，相信他會理解的。

簡單隆重的就職典禮很快就結束了，新舊代表、公所官員，相互地自我介紹一番。新科代表林春花更是落落大方地和每一位握手。她的手纖細柔軟，多少男生如觸電般地緊握不放，握過的女生也引以為榮，誰膽敢當面詢問她的過去，誰不欣羨她的美麗三分。她承認有過去，過去又怎麼樣？君不見外國的妓女照樣當選國會議員，她的恩客無數，誰能再嫖她？誰敢輕視她？又有誰比她更瞭解這個醜陋的社會，她問政態度嚴謹，改革聲浪不斷，提出的問題針針見血，無論是執政黨、在野黨無不敬畏她三分。春花的思維一旦進入這個議題，她的心靈深處，總會掠過一絲甜蜜的微笑——「英雄不怕出身低」這句俗語，或許是她最好的寫照。

這幾年來她看穿了社會百態，尤其是萬物之靈的人類，凌駕女人之上的男人，一旦黃湯下肚，醜態必百出。根據她的觀察和瞭解，許多為民表率的公務人員，在交際應酬黃湯下肚後，又會三五成群偷偷地上酒店，美其名為續攤，實際上是醉翁之意不在酒，展露出來的是一副令人厭惡的豬哥相。這些年來，春花看多了，她也曾經是身歷其境的過來人，說不定在公務機關裡，還有她的老恩客呢。她永遠不會忘記，在酒店的包廂裡，當房門一關，一些猴急的男人，總是一把把她們強拉過去，坐在他們的大腿上，而後什麼「齣頭」都來了，既摸又揉、既捏又搓，由上而下、從左到右，除非她們激烈地反抗，要不，那雙骯髒的手，永遠不會離開她們的身軀。給幾文小費，也是把紙鈔揉成一團，連手一起塞進她們的奶罩裡，有時還心存不軌，企圖塞進她們的短裙內。要不，就是把她們灌得酩酊大醉，趁著她們神智不清，毫無反抗之力，就有吃不完的豆腐吧！

春花想到此，咬牙切齒，血脈噴張，恨透了所有的男人，尤其是少數不肖的公職人員，竟與女公關博起了感情，家庭糾紛層出不窮，而政風單位卻視若未睹，任由他們、放縱他們，製造更多的紛爭，鬧出更多的家庭革命。這些不要臉的男人，總有一天會死在我林春花的手上！

第一個會期在緊鑼密鼓中開議了。面對一大疊會議資料，以及一本幾十頁的預算書，春花看傻了眼，「書到用時方恨少」這句話很快地在她腦裡盤旋著，尤其是那本密密麻麻的預算書，更讓她頭大。「貸方」、「借方」、「科目」、「餘額」這些專業名詞讓她看得「霧煞煞」，然而她依然鎮定地，拿起紅筆，若有其事地逐頁翻閱，口中則隨著阿拉伯數字默唸著：個、十、百、千、萬、十萬、百萬，從第一頁到最後一頁，依然是有看沒有懂。終於，她發現有一筆以「公關費」為名目的款項，編列的金額每月一萬二千元，全年為十四萬四千元。對於「公關」這二個字她太熟悉了，因為她曾經做過公關小姐，毋寧說是一個陪侍的酒女還貼切，只是人們喜歡賦於她們一個美麗的名詞吧！

終於輪到她質詢了，對象是編列預算的主計部門。

春花站起身，左手拿著預算書，右手拿著筆，她的架式與美麗，老主計提提老花眼鏡也想多看她一眼，而且暗中自責，以前為什麼從不到酒店，也錯失一個點她來坐檯的機會，如果能由她陪著喝二杯，不知有多過癮。看看她那美麗的架式，看看她那端莊婉約的氣質和風度，老主計的心有點兒怦怦跳。

「一個月一萬二的公關費怎麼用？怎麼報銷？主計部門給我講清楚、說明白！」春花咬字清晰，口齒伶俐。然而，她的神情是嚴肅的、認真的，讓人有一種神聖不可欺的感覺。

「公關費是援例編列的，它的用途在摘要欄裡以及備考欄裡都有詳細的說明。」老主計老神在在，不慌不忙地說。

「怎麼報銷的？」春花提高了聲音。

「實報實銷。」

「到酒店找女公關坐檯、陪酒、唱歌可以核銷嗎？」

「不可以。」

「為什麼不可以？」

「因為它是不當場所。」

「不當場所？」春花重複他的語氣，「你到過酒店沒有？」

「沒有。」

「既然沒有到過，怎麼知道它是不當場所？」春花有點激動。

「聽說裡面暗藏春色。」老主計的臉色有些凝重。

「聽說聽說，聽誰說的！」春花猛力地拍了一下桌子，疾聲地問。

「林代表是過來人，應該比我更清楚！」老主計不甘示弱地，尖聲回答。

「什麼？」春花又猛力地拍了一下桌子，茶水由紙杯裡濺了出來，雖然不否認自己是過來人，但也由不得他來揭穿她的瘡疤，更不能忍受他的羞辱。於是一股無名火燒上心頭，她順手抓起杯子，猛力地往他身上一擲，濺了他一身水，而後又疾聲厲色地指著他，「你說什麼，你說什麼！」

會議廳裡頓時鴉雀無聲，官員和代表都被這突來的狀況，嚇得目瞪口呆，不知所措。

春花依然不放過他，尖聲咆哮怒目相對。猛而地又抓起桌上的資料用力一擲，雖然不痛不癢，卻把資料散落一地。其他代表見狀，紛紛站起來安撫她、勸她，官員則認錯來道歉，再三地認錯和道歉，也正式領教這個「恰查某」的厲害。

是時勢造英雄，抑或是春花有她的一套，誰也料想不到，是誰把她塑造成一個強勢的女代表？或許是這個腐化的社會吧。儘管她學歷低，出身卑微，然而，她的美麗勝過一切，她綿密的思維，有條不紊的問政風格，讓不肖的官員一個個灰頭土臉，讓同事一個個刮目相待。而學歷高、出身好，是否能斷定他就是一位成功的民意代表？這是一個值得思考的問題。

# 7

這世界時時刻刻都充滿著變化，但卻只有一個變數，好的容易變壞，壞的不容易變好，這也是永恆不變的定律。

政治人物與家庭主婦，這兩個微妙的角色，是很難兼顧的。尤其是在政壇上活躍的女性，更無暇顧及家中的大小瑣事，春花正是如此。她經常地早出晚歸，是交際應酬？抑或是為民服務？空金是一無所知，也因此，家務全由他來打理。家中的一切費用均仰賴春花每月領取的各項津貼，以及矮古伯仔的農作收成，他也正式成為無業的「家庭煮夫」，以及矮古伯仔心中「無三小路用」的懦夫。久而久之，春花似乎也瞧不起這種男人，經常有意無意地奚落他、疏離他，竟連最親蜜的夫妻關係，也逐漸地減溫。每每，當空金的慾火燃燒到沸點，有意親近時，大他二歲的春花卻是性趣缺缺，不是太累，就是太疲倦；不是酒喝多了，就是想睡覺，用一大堆的理由來搪塞，用美麗的謊言來矇騙自己的夫婿。而正值青春年華的她，是否因參政而得了冷感症？還是內心穩藏著不可告人的秘密？戇直的空金，對她的行為舉止，是否曾經有過合理的懷疑？還是相信她滿口美麗的謊言？一切，一切答案都在春花的內心裡，只是不知何年何日，才能讓空金把它揭開，才能把它攤在陽光下，接受親友們的檢驗。倘若呈現陽性反應，空金定難承受這份事實。而矮古伯仔呢，是否會暗中罵道：「狗改不了吃屎」，還是會對「娶婊來做某，卡好娶某去做婊」這句話心存疑惑？總而言之，一切都必須面對，真的假不了，假的真不了，這是一句多麼貼切的話！

春花又開始吸煙了，結婚前好不容易才改掉的煙癮，又死灰複燃。煙，一旦吸上幾口，可提神解憂；煙，是交際應酬必備的囊中物，多少人喜歡它，多少人上了癮，一支在手樂趣無窮，吸上一口快樂如神仙，春花是否因此又吸上了？空金是否也要跟進？這世界時時刻刻都充滿著變化，但卻只有一個變數，好的容易變壞，壞的不容易變好，這也是永恆不變的定律。然而，春花何止只吸吸煙，在交際應酬過後，在幾杯黃湯下肚後，竟然也打起了麻將，通常一打就是通宵。對於家她已無心、也無力來照顧；對於選民的請託，也只是虛假地應付應付。在會議期間也只提一些無關痛癢的案件，不再看緊人民的荷包，任由浮編的預算件件過關，重大的工程，非但不把關卻故意放水。她的格調、她的問政態度，已做了一百八十度的大轉彎，不肖的官員稱讚她上道，代表會某些同仁說她瘋了，而她是否真瘋呢？還是俗稱的「假肖」？然而，不管她真瘋或假肖，時間是最好的答案。

# 8

雖然我們家世代務農，我書讀得也不多，又沒出過遠門，對外面的花花世界，對這個現實的社會不太瞭解；但我一直堅信：『君子愛財，取之有道』，來路不明的錢絕對不能取。

出乎矮古伯仔預料之外，春花已把貸款悉數還清，房契地契也一併交還給他保管。至於錢從何處來，他似乎沒有知的權利，而他的內心裡，始終有一個解不開的謎題，一個小小的民意代表，果真有那麼大的權力；果真有那麼優厚的待遇？難怪有那麼多人要投入選舉，難怪有那麼多人不擇手段要求取勝選，難怪有那麼多人把選舉視同是一種投資，因為它有利可圖，因為它獲利的比例高，真正為民服務者、為民喉舌者，又有幾人？

矮古伯仔小心翼翼地把房契地契放進鐵盒裡，而後長嘆了一口氣，也鬆了一口氣。他目視著供桌上的列祖列宗，也祈求著祂們的保佑。

「阿爸，」空金緩緩地跨進大廳的門檻，「從春花當選到今天，只有短短的二年，我們已經把所有的貸款還清，這一下你可以放心了吧！」

「阿金仔，雖然我們家世代務農，我書讀得也不多，又沒出過遠門，對外面的花花世界，對這個現實的社會不太瞭解，但我一直堅信『君子愛財，取之有道』這句話，來路不明的錢絕對不能取。」矮古伯仔心有疑慮地開導他。

「阿爸，這點你儘管放心。春花的錢絕對不是搶來的、或偷來的，很多廠商為了搶標工程，為了能順利地通過驗收，都會用錢來打通關節，它不是庸俗的紅包，而是政治獻金，春花因為交遊廣、人緣好，在會裡影響力大，許多商家都自願來捐獻。」空金得意地說。

「政治獻金？」矮古伯仔心一怔，他活了這把年紀，從來就沒有聽過政治獻金這個名詞。

「你不懂啦！」空金不屑地冷笑了一聲，「這些都不用你來管，春花她自有分寸。」

矮古伯仔不再說什麼，無神的眼力停留在供桌上的神主牌位，他不再祈求老祖宗的保佑，一切功過都必須自己來承擔。

「阿爸，」空金走近他身旁，低聲地說：「春花麻將牌藝高，加上一些商人和官員為了要討好她，有時故意放放水，簡直十打九贏。家中的日常支出，靠的是她打麻將贏來的錢。現在我們非但沒負債，而且銀行還有存款呢。」

「她經常晚上不回家，在外面做些什麼事你可知道？」矮古伯仔憂心地問。

「阿爸，這點你放心啦，一位民意代表在外面打打牌、喝喝酒、交際應酬，沒有什麼大驚小怪的。」空金不在乎地說。

「對春花，你瞭解的比我還多。一位政治人物，廉潔的操守、高尚的品德，比金錢更重要。雖然我是一個大字識不了幾個的老農夫，這點道理我還懂。」

「放心啦，阿爸，春花她不會亂來的。」空金鐵定地說。

「只要你瞭解她、信任她就好。」矮古伯仔冷冷地，突然若有所思地說：「你也該找點事做，不要每天東逛西逛的。」

「春花說過，她主外，我主內；家裡沒人煮飯洗衣也不行。」空金得意地，「反正現在也不缺錢。」

矮古伯仔摇摇頭，深深地嘆了一口氣，緩緩地走出大廳，看看被烏雲遮掩住的陽光，為什麼在短暫的一剎那，竟失去了光芒。

《春 花》 78

# 9

是他的溫柔體貼，是他的甜言蜜語；還是他有獨特的、深厚的、奇異的男性魅力，讓她流盡了她生命中，一泓無恥的春水：
：

人一旦有錢，生活必定腐化；人一旦有勢，必定不甘寂寞，男女的差異也沒兩樣，男人是公然上酒店，女人是暗中找牛郎，在這個社會似乎已成一種風尚。雖然這方小小的島嶼與大城市有些差距，但男女的心態卻相同，亂搞男女關係與上酒店找牛郎又有何差別？春花不安於室的傳聞不斷，她竟然與一位大她十幾歲的某單位主管打得火熱，起初只是單純的打牌吃飯，以乾哥乾妹相稱，然而一個是有夫之婦，一個是有婦之夫，是什麼因素讓他們併出愛的火花，是什麼因素能讓他們日久生情，這涉及到一個人的品德和操守，絕對不是浪漫的情調。

「我說乾妹啊，」他們併肩坐在一張長沙發上，馬哥的手輕搭在她的肩膀，「以妳的美貌，以妳在政治圈的地位，以妳現在的經濟狀況，坦白說妳們夫妻似乎不太相配。」

「我們一路走過來，我實在不忍心傷害他；況且我在外面的事，他從不過問，給我一個充分自由的空間。」春花飲了一口酒，坦然地說。

「妳不認為嫁了一個戇直的丈夫，會影響妳的政治前途？」他順手拿起茶几上的酒，飲下好大的一口。

「馬哥，你不認為離婚對一個女人的形象會更壞嗎？」

「只要妳能找到一位官階大、有錢又有社會地位，足可與妳相匹配的男人，相信會獲得許多人的認同。」他說著、說著，竟把春花摟得緊緊的。

春花非但沒有抗拒，手還環過他的腰，頭也埋在他的懷裡；他猶如一隻餓狼，但也懂得撲羊時的前奏。他的手不停地在她的身上遊移，輕輕地、柔情地，一遍遍，一遍遍不停的撫摸著、揉搓著。他是情聖、是老千，對春花來說已不重要，只感受到內心有無比的舒暢和快感，這也是空金永遠不能給她的。猛而地，他的手已伸入她的胸前，用他的拇指與食指輕輕地蠕動著她的乳頭，輕輕地蠕動、輕輕地蠕動；彷彿是一條蟲，讓她無法忍受的一條煽情的小蟲蟲。她已不能再忍受，他何嘗不是也如此，女主人遠遊的臥室，竟成了他們的溫床。她雖然曾經被恩客帶出場，空金也能滿足她的需求，但、但、但從來就沒有享受過如此的激情和快感。是他的溫柔體貼、是他的甜言蜜語；還是他有獨特的、深厚的、奇異的男性魅力？讓她如癡如醉，如神如仙，如一江春水向東流，流盡了她的一切，流盡了她生命中，一泓無恥的春水：：：

馬哥是一個有妻無後的荐任官，他風度翩翩好魚色，風流韻事一簍筐，多少次因桃色案件被糾正和處分，可憐姿色不再的黃臉婆，任由他在外拈花惹草，任由他與不同的女人糾纏。是的，他有錢，又有勢，中年男性散發的魅力更是銳不可擋。春花是誤上賊船，還是禁不起他的誘惑，抑或是與他在一起，才能凸顯出自己的身分和地位？

「坦白說，春花，我家有黃臉婆，妳家有傻老公，怎能與我倆的身分地位相匹配，如果我們能在一起，才是最合適的一對。」當激情過後，當他們赤裸著身子，讓薄薄的被單覆蓋著時，他真情地說。

「馬哥，在我人生的旅途裡，想不到會有今天，想不到你會給我那麼貼切的真情告白。我家的傻老公很好對付，你家的黃臉婆呢？你捨得休了她，你捨得離開她？」春花聲音柔柔地，是動了真情？還是激情過後的夢囈？

「對這個家，我既厭又煩。對她，我提不起一點點性趣。春花，只要妳願意，我絕對跟進。今天雖然是我們相識以來最激情的一次，但我們都從其中得到快樂，得到滿足，相信以後也會如此的。」他頓了一下，而後又說：「或許我的年紀大了一點，但我的生理和心理卻沒老化；是生龍、是活虎，春花，只有妳才能深深地體會到。」

「不，你不老。」春花嬌聲地說：「你不僅有活力，也有魅力，更懂得情趣；只有和你在一起，才能讓我體會到幸福、美滿、快樂的滋味。」

「這就叫人生，這就是美麗的人生歲月。春花，但願我們能珍惜它；能擁有它。」

「馬哥，我會的；我會珍惜這段屬於我倆的人生歲月。」

他們又緊緊地擁抱在一起，性慾的火花雖已熄滅，現實的問題卻浮現在眼前，往後的歲月是一團糾纏不清的結，還是激情過後的歡怡？他們既期待，又怕受傷害。

# 10

用「浪子回頭金不換」來譬喻春花，或許不太恰當，或許言之過早，但矮古伯仔的內心裡，總會掠過一絲喜悅的微笑，只因爲春花已經回來了。

春花和馬哥公然地出雙入對，在這個小島嶼已不是新聞。

眾人的批評和譏諷，對他們來說已習以為常。綠帽罩頂的空金，更是敢怒不敢言，任由這對狗男女，在法外逍遥。當然，偶而地她會回來安撫安撫他，也會帶些菜餚回來孝敬孝敬矮古伯仔，儘管矮古伯仔不領情，但依然期盼春花有回心轉意的一天。如果真離了婚，受傷害的必定是空金，以他的條件，想另結一門親事，談何容易；惟一的，只能睜一眼、閉一眼，靜觀事情的變化，其他還有什麼好的對策呢？

出乎預料地，春花在會期結束後，並沒有像往日般地東逛西逛，在外逗留，而是在家整理房舍，灑掃庭院，煮飯洗衣，把一個家庭主婦的角色，發揮得淋漓盡致；空金喜悅的形色不在話下，矮古伯仔更是眉開眼笑。

「祖宗有靈，祖宗有靈。」矮古伯仔雙手合掌，在祖先的神龕前，喃喃地唸著。腦裡也不停地反覆思考，只要她回來，不要讓這個家庭破碎支離，其他又有什麼好計較的呢？用「浪子回頭金不換」這句話來譬喻春花，或許不太恰當，或許言之過早，但他的內心裡，總會掠過一絲喜悅的微笑，只因為春花已經回來了；而回來是否能斷定她不再離去？矮古伯仔嘆了一口氣，隨即湧上一陣輕愁。

「阿爸，」晚飯後，春花泡了一壺茶，三人同在大廳裡喝著，春花突然興奮地告訴矮古伯仔說：「我決定和朋友合夥開營造公司，相信以我的代表身分會標到很多工程的，將來一旦公司成立，也可以替阿金安排一份工作。」

「開公司？」矮古伯仔訝異地，「那要很多錢的。」

「阿爸，你是知道的，這幾年來我已經賺了不少，如果當初沒有投資，那會有今天。」春花信心滿滿地，「我們決定投資三百萬，約佔總金額的一半。」

「妳有那麼多錢？」矮古伯仔站了起來，緊張地問。

「還差一百多萬。」春花輕鬆地說。

「一百多萬不是小數目呀！到那裡去拿呢？」

「阿爸，你先不要緊張，」春花笑著說：「我們還是老樣子，老辦法，把房契、地契，拿到銀行辦理抵押貸款。」

矮古伯仔黝黑多皺的臉，此時此刻多了一層鐵青，久久說不出一句話。他萬萬沒有想到，春花又會動起它的腦筋，雖然上一次很快就還清，而這一次、這一次呢？矮古伯仔的心情已跌進了深淵谷底。

「阿爸，你不要怕，包工程是絕對有利可圖的。」春花舉起手，嚴肅地說：「我保證，半年之內一定還清！」

「它又能貸多少呢？」矮古伯仔目無表情，燃起一根煙，微嘆了一口氣，聲音低低地說。

「這點你放心，」春花信心十足地說：「上一次貸那麼一點錢，還要向他們拜託，說好話。這一次可就不一樣了，憑我林春花這三個字，貸個一、二百萬不會有問題的；銀行經理想不賣帳也難。搞不好，叫他下台！」

矮古伯仔不再說什麼，一旁的空金也插不上嘴。一個小小的民意代表，果真有那麼大的權利？父子倆都百思不解。然而，事實已擺在眼前，相信她能做到，一定能做到，什麼事都能做到！矮古伯仔低落的心情，依然在深淵谷底……。

# 11

春花像極了一頭溫柔的小綿羊，任由他，任由他，用豬哥的猴猴來啃食。於是，她的肉被吃光了，她的血被吸乾了，竟連骨頭也不放過，這是一幅多麼慘忍的景象啊！

春花取走了矮古伯仔的房契、地契、身分證、私章後，又是好幾天沒有回來了。人在何方，她自己知道；做些什麼，她自己清楚。是否為籌組公司而忙，還是與馬哥繾綣纏綿在一起？空金似乎不在意，也從來沒想過，有一天春花會離他而去，投入另一個男人的懷抱。

春花和誰合夥開公司呢，當然是馬哥。以他們一位是高官、一位是民代的絕配和組合，一旦公司成立，將是一匹銳不可擋的黑馬；倘若標不到大工程，也可等著「搓圓仔湯」，多少吃點「紅」，這是春花和馬哥早就盤算過的，也是他們心想發財的一步棋。試問，檯面上多少民代不是靠包工程起家的？偷點工、減點料、畫畫虎爛，驗收人員屁都不敢放，主計人員膽敢不撥款。當然，這只是春花和馬哥的如意算盤，萬一失了靈，巨額的投資是否會因此而泡湯，下一任的競選經費將從何處來，矮古伯仔的房契、地契，是否能依約還清貸款取回來？雖然春花此刻正徜徉在馬哥溫馨的懷抱裡，一旦想起這些煩心的事，馬哥超強的性慾，也會被她此時的冷感所軟化。

「馬哥，別摸來摸去，東摸西摸好不好。」只要她倆在一起，他的手已習慣性地在她的身上摸索著，春花有點兒煩，用力地把他的手甩開，重重地說：「一副豬哥相！」

「妳今天怎麼了，吃錯葯啦！」馬哥柔情地，輕撫著她那長長的秀髮，「什麼事讓妳不高興啦？」

「說真的馬哥，雖然籌設公司的進展很順利，但我實在很擔心，萬一將來的營業狀況，不如我們想像的那麼好，獲利也沒有我們想像的那麼高，到時候要怎麼辦？」春花心有疑慮地說。

「不要窮緊張好不好，」馬哥依然輕撫著她的秀髮，而後俯在她的耳旁，低聲柔情地說：「一切有我，一切有我；就算賠光光，我還有房子和退休金呀！」

春花有了他的保證，總算鬆了一口氣，剛才的冷感也化成了熱情。馬哥見狀，喜出望外，心想那能失去這個機會，於是雙手在她的敏感地帶，輕輕地按摩著；由上而下，輕輕地按摩著，按摩著：：：。而春花像極了一頭温柔的小綿羊，任由他，任由他用豬哥的獠犽來啃食。於是，她的肉被吃光了，她的血被吸乾了，竟連骨頭也不放過，這是一幅多麼慘忍的景象啊！然而，春花樂於此、甘於此，空金的影像在她內心裡已渺茫。而矮古伯仔呢，或許在她心中只是一個老鬼。過些時日，她將是公司的董事長兼總經理，又是人人羨慕的民意代表；是官夫人，又是馬太太，怎不叫她心花怒放呢。馬哥真的會和他太太離婚再和她結婚？為什麼她一直沒有思考過這個問題，畢竟他們是一對近三十年的老夫妻，曾經也讓他快樂過、滿足過；現在老了，也變醜了，年輕時甜如蜜的潮水也乾涸了，當然他會提不起性趣。而這隻老豬哥會用什麼手段來對付她呢，是真愛她，還是貪圖她年輕貌美的姿色，讓他性趣高昂，讓他如魚得水般地達到他的慾望。

想多了或許對她沒有好處，依她對馬哥的觀察，似乎看不出他有一點兒虛情假意。唯一讓她訝異的，是一個五十餘歲的男人，竟然對性的需求是那麼地強烈；足可見他的身體是強壯的、是健康的，雖然大她十餘歲，但卻能在他身上聞到一股成熟的男人味，這點也是在小她二歲的空金身上找不到的。因而，她非常地珍惜，只要能與他廝守終身，此生也無憾，外面的一些風言風語，她永遠不會去計較。對空金一家，她只有包容、沒有虧欠，當初因為職業使然，不得不做如此的選擇。憑空金那副模樣，憑矮古伯仔的家境，想當年也是紅牌酒女的林春花，怎麼會看對眼。今天，她已找到更好、更合適的對象，為了將來的幸福，為了無可限量的政治前途，她不得不割捨這段婚姻，不得不選擇離婚這個步驟。傷害一個男人，就猶如男人傷害她一樣，這個世界，沒有什麼不公平的！

# 12

她已陷入政治的旋渦而不能自拔，她已被虛僞的名利迷惑而不自知。可憐的人類啊！他從心底不停地吶喊著……

「馬林營造公司」在緊鑼密鼓中終於成立了，公司是以馬哥和林春花的姓氏來命名。那天冠蓋雲集，花圈花籃擺滿一地，祝賀的聲浪不斷，所有的貴賓無人不知，公司是馬林的組合；當然也是衝著他們來的。只是馬哥具有公務員的身分，不便站在台前，一切業務均由春花親自處理，也實踐了對矮古伯仔的承諾，安排空金在公司打雜。

空金真的那麼戇嗎？倒也不見得，他始終以春花為榮，以能娶到一位貌美又能幹的老婆為傲，外面的風聲雨聲他聽多了，她只不過是和單一的馬哥在一起，比起以前在酒店，朝三暮四地讓客人帶出場，簡直好多了。春花的來歷他清楚，美麗的女人總是不甘寂寞的，能幹的女人總是較活躍的，如果當初沒娶到春花，他現在依然是王老五一個。因而，他從春花身上得到快樂，也從春花身上體會到人生的樂趣；當然，有不少男人享受過與他相同的待遇，但他們必須用金錢來換取，有時還得看春花的臉色和意願。在結婚的初期，春花從未拒絕過他的要求，偶而的，還傳授他一些技巧和經驗，讓他真正享受到「娶某大姊，坐金交椅」的神仙樂趣。

他知道，春花是一個愛面子的女人，現在更是冠冕加身，有他這個不起眼的丈夫，或許對她的社會地位和政治前途是負面的。因此，凡事他很低調，讓自己生活在一個黑暗的角落裡，任由春花的差遣、任由馬哥的奚落、任由世人對他的歧視，只因為他是現實社會裡，一個微不足道的小角色。他與春花的兩顆心也逐漸地疏遠了，成了有名無實的夫妻，竟連想重溫一次舊夢也是奢望，其他更別提了。然而，他無怨也無恨，輕易得到的幸福，也會輕易地失去，這是不變的定律，唯一的希望是春花能回心轉意，洗淨鉛華，回復舊有的時光，做一個賢妻良母。但這似乎是不可能的了，她已陷入政治的旋渦而不能自拔，她已被虛偽的名利迷惑而不自知，可憐的人類啊，他從心底不停地吶喊著：：：。

「阿金，」有一天，他為她擦好了桌子，端上茶，她突然地叫住了他，「我們已相處不少年了，人是有感情的，我也不願傷害你，但依目前的處境來說，的確我們是不適合在一起的。你知道，我有我的事業和政治前途，我實在不願意讓一個與我不相配的男人來牽絆我一生，離婚一途是我們必須面對的。」

「離婚？」空金心裡一怔：「春花，我自己也感到配不上妳，但我卻不希望離婚。我知道妳愛馬哥，馬哥也深愛著妳，妳們的戀情已是公開的秘密、妳們的姦情也不是新聞、妳親手為我戴上一頂簇新的綠帽子，我忍受別人的譏笑。妳嫌我戇，我承認。妳嫌我沒出息，我承認。妳嫌我不夠浪漫，我承認。妳嫌我不懂得調情，我承認。妳嫌我沒讓妳達到過高潮，我否認。想當年，妳不是誇我是猛男嗎，怎麼那麼快就給忘了。」

「下流，下流！怎麼說這種下三流話。」春花氣憤地說：「我現在是主流民代、是社會人士、是公司董事長，不要拿『想當年』那一套來壓我！」

「春花，妳有沒有想過，妳今年才三十幾歲，馬哥已五十多。妳四十正青春，馬哥六十已不中用。如果不離婚，妳隨時可以回到我身邊，我不在乎現在，我期盼將來。」

「肉麻，肉麻！」春花依然生氣地：「將來不必你操心，我要的是現在！」

「林春花，」空金鐵青著臉，指著她說：「妳不要欺人太甚，當初如果不是我不嫌棄妳這個人人插的破香爐，妳能有今天？妳能有現在？要不是我爸的房地契，讓妳去抵押貸款來買票，妳能當上代表？妳能開公司？人要懂得感恩，方為人，如果連這點粗淺的道理都不懂，與我這個草包又有何兩樣！」

「少跟我來這套，憑你空金也想來訓我，早得很！」春花疾聲地，「沒有用的男人，有種明天就簽字離婚！」

「別用離婚來恫赫我，我承認自己沒有用，但如果不敢簽字離婚，跟妳姓林！」空金說完，猛力地拍了一下桌子，又「呸」的一聲把口水吐在春花的臉上，而後轉頭就走。

春花被這突來的舉動嚇呆了，從認識到結婚，空金都是溫溫存存的。今天他所受的刺激一定很深、很大；但這是遲早必須面對的問題，早一點解決，反而更好，對她的政治前途絕對是有幫助的，她將是名符其實的馬太太，馬哥在官場上的資源，以及豐沛的人脈關係，相信很快就會轉移到她的身上。如此的安排，似乎是命中注定，她何樂而不為呢？離婚，離婚，絕對沒什麼好猶豫的。況且，她馬上就能與馬哥廝守在一起，雖然馬哥與他太太尚未正式辦理離婚手續，但她一直深信，馬哥是愛她的，暫時做他的如夫人，也比空金強上幾倍。就憑空金那副模樣，一旦離了婚，休想有二度梅！或許，要伴矮古伯仔渡餘生了。

# 13

雖然先人只為我們留下這幾畝旱田，以及一間老舊的古厝，但卻是我們賴以維生的根。孩子，有根就有本，只要勤勞與安份，守住這片土地，守住根和本，天無絕人之路。

空金與春花正式離婚了。

矮古伯仔沒有怨言，反而慶幸失去了媳婦，找回了兒子。唯一牽掛的是還沒把房地契拿回來，雖然春花立下保證書，一年之內一定歸還，但一年何其長啊，萬一有什麼變卦，他將如何面對供桌上的列祖列宗。

雖然他曾經說過：「娶婊來做某，卡好娶某去做婊」，但隨即被「狗改不了吃屎」這句話給推翻。當初他何曾沒有想過，以春花那種貨色，怎麼會甘於寂寞，嫁給阿金這個戇小子。他們家無產無業，以農為生，阿金又沒有一技之長，或許她貪圖的是一個戇厚的「在室男」吧。

離婚後，空金並沒有被不幸的婚姻所擊倒。雖然曾經與春花過了一段甜蜜的日子，但自從她認識那個姓馬的之後，她的心和肉體幾乎都被他所佔有，只不過是偶而地，回來安慰安慰他幾句而已。以前的甜如蜜不見了，壯年男子急欲發洩的性慾也不得其門而入，這與無家眷的王老五又有什麼差別。

矮古伯仔也深知他的苦楚，從未對他說過一句重話。倒是空金，彷彿變成了另外一個人，每天跟著矮古伯仔上山，分擔了矮古伯仔大部份的耕作，讓矮古伯仔有一個喘息的機會。

「阿爸，你到田埂上休息，剩下的我來拔。」空金手中握住一把花生籐，不停地鬆動著纏在花生殼上的泥土，對著一旁的矮古伯仔說。

「托老天的福，今年雨水足，又沒有蟲害，花生結實纍纍，辛苦總算有了代價。」矮古伯仔取下箬笠，在面前輕輕地搧著：「我不累，天氣實在太熱了，拔完好回家，這些日子來也辛苦你了。」

「阿爸，你不要這樣講，以前我不懂事，是你父兼母職把我拉把長大，還處處讓你煩心，我虧欠你的實在太多了。」空金用衣袖擦擦額上的汗水，極端感性地說：「到現在我還不明白，為什麼會被一位酒女迷得昏頭轉向而不自知，原以為結婚後她會改變，為我們家生兒育女，勤儉持家，做一個賢妻良母，但是我的想法太幼稚了，雖然想用忍來挽救這段婚姻，不惜讓綠帽加頂、讓人恥笑，但依然是徒勞無功，走上離婚這條路。我的所作所為，讓你顏面盡失；阿爸，我實在對不起你！」

「孩子，過去的就讓它過去吧，對父母永遠不必說抱歉，所有的過錯，就由生你、育你的父母來承擔吧。你的人生路既遠又長，只要你能擺脫這段不幸的婚姻陰影，認清這個世界，認清這個社會，認清醜陋又險惡的人心，奮發圖強，你會重新站起來的。」

「阿爸，我會的；我會永遠記住這個教訓。」

「雖然先人只為我們留下這幾畝旱田，以及一間老舊的古厝，但卻是我們賴以維生的根。孩子，有根就有本，只要勤勞與安份，守住這片土地，守住根和本，天無絕人之路！」

空金默默地點點頭，矮古伯仔的每一句話，都深深地激動著他的心靈。雖然他所受的教育有限，但他能理解、也能接受矮古伯仔對他的期勉和教誨。

回到家，空金除了料理三餐，整理家務，竟連矮古伯仔的衣服也由他來洗滌，把以前服侍春花的那套本領，轉而來服侍矮古伯仔。坦白說，服侍春花是為了討好她，為了要維持一段即將變調的婚姻；服侍矮古伯仔是善盡孝道，也是為人子女所必須遵循的。以前被虛偽的愛矇蔽，此時此刻能即時回頭，尚不晚矣。想到這裡，空金不免會心地一笑，如果繼續沉淪下去，他怎能稱人呢？或許，連豬狗都不如。

村人對他們父子也有了新的評價，忠厚誠實是他們的標誌，勤勞勤儉是他們的美德，沒人敢再以異樣的眼光來看待他們，相信春花那個歹查某會得到報應。四年的任期很快就會到，這個「破查某」一定會尋求連任，村人已放出了風聲，錢照拿，票投給別人，讓她落選，讓她重回酒店陪酒去，以懲處這個不要臉的女人。

# 14

我自認不是一位道學家，但凡是美的；我懂得欣賞和品味。尤其是從妳身上，我得到前所未有的快樂，妳不但美；也懂得情調，更能深入到男人的內心世界，洞察到男人需要的是什麼。

春花雖已辦好離婚手續，但馬哥卻是一拖再拖。反正春花已是他的人了，為什麼還要給相處近三十年的老伴，造成那麼大的傷害。況且，老伴對他與春花的交往，都是睜一眼、閉一眼地讓他安心。他又是這個島嶼上，一個單位的主管，在政府的文官體系中，是中級公務員。一旦離婚，再與一個離過婚的酒女結婚，那將成何體統？春花已是單身，和她同居在一起，不怕有人來捉姦，更不怕吃上妨害家庭的官司。因而，他選擇腳踏兩條船，享受齊人之福，其他的事，以後再說吧。

「馬哥，為了你，我已經和空金離了婚，而你似乎還沒有動靜。」有一天下班後，馬哥來到春花的租處，一見面，春花就迫不急待地摟住馬哥，嬌嗔地說。

「不要急，不要急。」馬哥雙手環過她的腰，緊緊地把她抱住，而後低下頭，在她的唇上輕輕地吻著。

「我怎麼能不急，你可不能騙我！」

「騙妳？」馬哥反問她說：「我把老太婆擺一邊，夜夜陪妳渡春宵，這叫騙妳？」

「既然沒有騙我，為什麼不快一點跟我結婚，好讓我安心。」

「我們現在不是過得很好、很快樂嗎？為什麼要急於一時。」

「快樂是一時的，你急我不急；結婚是永遠的，我急你不急。對不？」

「春花，不要這麼說嘛。」馬哥深情而低聲地說：「結婚是遲早的事，尤其我們都是二度梅，更應當慎重。」

「該不會看我年輕、漂亮，又是人人羨慕的民意代表，而想玩玩吧。」春花突然說了重話：「如果你心存不軌，我們就等著瞧！」

「春花，」馬哥柔情地輕拍著她的肩，「我是真心愛妳的，妳不要對我心存疑惑。如果我心存不軌，怎麼會把我平生的儲蓄投資在妳的公司裡。況且，選舉很快就要到了，妳不覺得一個單身的女貴族，要比我馬某人的太太還要有賣點嗎？不要忘了，選民的眼睛是雪亮的，當一位漂亮的女候選人，身旁多了一位老頭子陪伴時，他們的內心會起反感，妳的票源會流失的。」

「坦白說，馬哥，我的思維沒有你的細膩，或許是我多慮了。」

春花說完，把臉深深地埋在馬哥的胸前。

馬哥扶著她，緩緩地往臥室走去。然而，公務的繁忙，精力的透支，馬哥在春花心中，已不再是一條生龍，更非是活虎，往往是心有餘而力不足的敗將。當馬哥不能滿足她時，春花竟然會想起空金，想起小她二歲的前夫，想起一個戇厚的處男身影，但這畢竟是過去的春夢了。她四十，他六十，這是一個多麼恐怖的差距呀！春花只能思，不能想。馬哥是不敢思，也不敢想。時光是無情的，春花一旦進入虎期，將是馬哥垂頭喪氣的時候，屆時，不知又會是一場什麼式樣的情景。

「馬哥，這種事是不能勉強的。」春花深情地看著他，手不停地在他的臉上輕撫著，「人的精力是有限的，千萬不要求取一時的快樂而失去健康，更要深一層地去體會『細水長流』這句話。」

「春花，在我五十餘年的人生歲月裡，我自認不是一位道學家，但凡是美的；我懂得欣賞和品味。尤其是從妳身上，我得到前所未有的快樂，妳不但美；也懂得情調，更能深入到男人的內心世界，洞察到男人需要的是什麼。因而，我追求的是現在，不是永恆。」

「馬哥，不要忘了，我們未來的日了還長呢。你要知道，一個成熟的女人，她想要的是一副挺直的男人身軀，不是一隻軟爬爬的病貓，為了我們的將來，你不能不節制。」

「不，春花，我的人生觀與妳不同。現在看到的，是妳美麗的容顏，身躺的是妳柔情、溫馨的懷抱；而以後，以後是在虛無飄渺間，又有誰能知道他的以後呢？」

「是的，馬哥，以後我們都會變老、變醜。人生只不過是短短的幾十年光景，就讓我們好好地來珍惜它吧。」

他們默默地不再說什麼，只是相互地磨蹭著，這就是他們的時光，這就是他們想要珍惜的人生歲月。

# 15

選舉是一件勞民傷財的苦差事，雖然可從其中得到『錢』與『權』，但錢怎麼來；就怎麼去，權力亦有用盡時。眞正不要錢與權，誠心爲選民服務者又有幾人？

「馬林營造公司」的營業狀況，並不如預期那麼好，承包幾件大工程都虧損累累，轉包了幾件小工程，獲得的盈利，還不夠公司的日常費用，以及會計與業務員的薪餉錢。春花開始有點兒沮喪，也失去了信心，吸煙、酗酒成了她解愁唯一的辦法；偶而地，再約三五同好，打打麻將，有時八圈，有時通宵。島嶼的一些政客、社會人士、公務人員，十之八九都已認清了她的面目，看穿了她那一套。她強勢無理的質詢和要求，官員已不再妥協，同仁也不再附議，在會議廳裡形同一隻孤鳥，空有一張美麗的面孔又有何用，這是她料想不到的。

「馬哥，你有沒有發現到，這個社會好現實唷，」春花吸了一口煙，隨即吐出一圈圈白茫茫的煙霧，「想當年，老娘一發飆，杯子一擲，資料一甩，那些龜兒子，誰不嚇個半死。」她又吸了一口煙，煙霧從鼻孔中噴出，「他們知道這一屆的任期快滿了，不久又要改選了，竟敢搬出一些鬼法令來壓老娘。」

「坦白說，他們有他們的苦衷。」馬哥想開導她。

「苦衷，什麼苦衷？」春花疾聲地說：「你竟然連一點影響力也沒有，任憑他們跟我唱反調！下一屆若讓我連任成功，不好好修理他們才怪！」

「坦白說，選舉是一件勞民傷財的苦差事，雖然可從其中得到『錢』與『權』，但錢怎麼來；就怎麼去，權力亦有用盡時。真正不要錢與權，誠心為選民服務者又有幾人？」

「當初投入選舉，我把它當做是一種投資，當然也從其中得到不少利益，這也是應得的報酬。在當選的初期，的確我也是抱著為民服務的精神，認真問政，為選民解決不少問題。然而，時間久了，應酬多了；服務選民變成應付選民，我也不得不為自己找『錢路』，替下一屆選舉做準備。」

「對下一屆的選舉妳有沒有信心？」

「坦白說，我的形象已被選民打了折。和空金離婚再與你同居，沒有全心投入會務，為自己的『錢途』奔走，加上經營公司的失敗，經濟的困頓，種種因素使然，當難獲選民的認同。唯一的，只有尋求你的奧援，買票。」

「我的經濟狀況妳清楚，所有的儲蓄都投資在妳的公司裡，一個月的薪餉又能為妳買幾張票。」

「用你名下那棟房子去抵押呀！」春花突然想起，「想當年，我也是把老頭子的房地契，拿去抵押貸款，不到二年就還清了。」

馬哥默不作聲，低頭沉思著。

「大男人凡事要果斷，別猶猶豫豫的。」春花有些兒不快。

「空金他們村子，或許還會支持妳吧。」馬哥迴避了她的問題，抬起頭，看看她，淡淡地說。

「今天在你面前說良心話，對他們父子我有虧欠。為了開公司，他家的房地契，迄今仍抵押在銀行。原以為一年半載就可把那筆錢還清，把房地契還給他們，這一下可遥遥無期了。幸好利息還能按時繳納，萬一有一天繳不出利息，讓法院給查封拍賣，我林春花怎麼對得起人家呀！」春花停了一下，繼而地又說：「他們都是老實的鄉下人，只要我林春花厚著臉皮去拜托，相信他們會考慮的。」說完後，直指他說：「你還沒回答我的問題呢？」

「時間還早，到時再說吧。」馬哥輕鬆地回答。

「時間還早？」春花重複著他的語氣，「才剩下那麼幾個月，銀行又不是我們開的，人家內部還要作業，還要到地政所辦理設定。況且，錢一到手，我們還要透過樁腳去活動、去安排。你要搞清楚，買選票與買電影票是不一樣的！」

「好吧，我回家跟老太婆商量商量。」

「什麼？」春花一聲尖叫，「你不是說過要和她離婚嗎，一旦我們結婚，房子不就是我們共同的，為什麼還要跟她商量？」

馬哥搖搖頭，對這個野心勃勃，煙不離手、酒不離口，沒有女人味道的女人，慢慢地有了反感。一生的儲蓄，投資在她那爛公司，鐵定是肉包子打狗，有去無回，如果再把房契讓她去抵押，臨老可能要住山頭了。家裡的老太婆，雖然體弱而不能滿足他的性需求，但她卻有賢妻良母的典型和風範，他怎麼忍心和她離婚，怎能忍心看她孤零零地過一生。況且他在外面所做所為，她是一目了然，而非不知，只想以忍來換取他的回心和轉意，老來有個伴，其他她並不想企求什麼。

馬哥也逐漸地想通了，對春花這種三流貨色的女人，不能博感情，只能玩玩；玩一次算一次，玩一天算一天。而且在金錢方面，絕對不能再投資，過去所化的，所投資的也就算了，以後絕對不能再當凱子，留一點好養老，現在回頭還不晚呀！他的內心湧起一絲笑意。

春花對馬哥閃爍不清的言詞感到失望，這個口是心非的男人，莫非看她年輕漂亮，只想騙騙她、玩玩她，一旦達到目的，就推脫得一乾二淨，把當初的承諾也化成了雲煙，這種男人是多麼地卑鄙無恥呀！於是，她的內心開始有了仇恨。她恨馬哥，她恨所有玩弄過她的男人，竟連曾經以金錢換取她的肉體的恩客們也懷恨在心，男人沒有一個好東西，唯有矮古伯仔和空金除外。

# 16

或許，對性妳們是守著傳統的婦道，而我是較開放的。『蘿蔔』與『坑』的理論，很多人不瞭解，我卻是它的實踐者。性是女人生活中的一部份，卻是男人生活中的全部。

春花對人生有極大的改變和看法，對馬哥的為人和操守也打了折扣，她的身體不再專屬於馬哥，她必須為尋求連任做準備，她必須尋覓到一位金主，提供她足夠的資金，不達到目的絕不罷休。想達到目的不擇手段，一切以勝選為考量，其他的顧慮，全是多餘的。然而，想覓得一位理想中的金主，談何容易；從外表上，雖保有民代的身分，但內心裡已是殘花敗柳。中規中矩的人，敬而遠之；不中用的老年人，她看不上眼，遊手好閒、不務正業的年輕人，只想和她玩玩。於是，她不再是為民喉舌的林春花，而是三八阿花。雖然沒人敢正面叫她，但她的美名已在這方小小的島嶼，快速地傳播著、流傳著，想不知道也難，不想聽她的風流韻事更難，對於這些不利於她的傳聞，春花始終把它當耳邊風，不予理會。

處在這個現實的社會中，理想與實際是有很大的差距的。有人追求功名，最後是身敗名裂；有人求取錢財，最後是財盡人亡。春花從風月場所一路走來，歷經許許多多的人事物，看盡社會百態。如果不涉入政治，不淌污濁的政治渾水，洗淨鉛華，與空金過著與世無爭的田園生活，那該多好。而今，家沒有了，財也盡了，空有的虛名，不久即將成為歷史，她是否就此消聲匿跡呢？倒也不盡然，她依然活躍在低俗的政治邊緣，依然活躍在煙酒中，依然活躍在麻將桌上，看看是否能時來運轉，敗部復活，為燦爛的一生，增添一些色彩。

「自摸！」李太太一聲尖叫，把牌一推，眾人的眼睛都集中在她的牌上。她興奮地數著：「莊家、連一、紅中、白板、青發，總共五台，每人一千五。」

「妳看妳看，」春花摸了一張底牌，現出七筒讓大家看：「她自摸，我也自摸，真倒霉！」

一陣吵雜的洗牌聲過後，大家又集精會神地凝視著桌面。

「碰！」春花剛打出一鳥，王媽媽手一伸，取回來，牌一推，高興地說：「等死妳了。」

「不多不少，小輸一萬五，再輸下去要脫褲子了。」春花付了錢，把煙含在唇上，順手清點口袋裡的現鈔說。

「脫褲子也要有本錢，」王媽媽笑著說：「像我這個又老又醜的垃圾婆，倒貼也沒人要。」

「別把男人想像得那麼高尚，」春花緊接著說：「一旦他們的豬哥性發作，像妳這麼體面的貴夫人與我林春花又有什麼差別。或許，對性妳們是守著傳統的婦道，而我是較開放的。『蘿蔔』與『坑』的理論，很多人不瞭解，我卻是它的實踐者。性是女人生活中的一部份，卻是男人生活中的全部，一個健康的男人離不了性，有些女人卻以性來換取金錢。不怕妳們笑，我就是從這條路走過來的女人，妳們也許曾經聽說過，只是不好意思問我詳情，我的坦白或許能換取妳們內心的坦然，別忘了我們是牌友呀！」

大家都默不出聲地聽她講完，洗牌聲響起又沉寂。碰聲連連，嘆聲也連連；胡牌的喜悅，自摸的亢奮，彼此都展現出良好的風度。

「下一屆的代表妳還選不選？」張太太關心地問。

「當然選，」春花果斷地答，「我現在正在籌錢，屆時要靠大家的幫忙。」

「沒問題。」她們幾乎異口同聲地說。

「那個姓馬的呢？」王媽媽問：「他不是很有錢嗎？」

「提起那個沒卵泡的馬哥，我就一肚子火。他口口聲聲說要和他太太離婚，跟我結婚，結果是只想玩玩我，騙騙我的感情。妳們說，我林春花會那麼傻嗎，傻到連這種小事也看不出來。」

「他不是和妳合夥開公司嗎？」王媽媽又問。

「錢賠光了，我也被他玩夠了，就此一筆勾消。」春花吸了一口煙，火氣十足地說：「本來想借他的房契來辦貸款，做競選經費，結果他推三阻四的，還要回家跟太太商量，老娘一火，算了！憑我林春花的姿色，籌不到競選經費，笑話！」

「現在的選舉文化，真讓人不敢恭維。」很少說話的黃嫂也出了聲，「聽說選一次要化不少錢，能不能當選還是一個大問題。」

「坦白說，春花在初當選的時候，不管是問政或為民服務，都給我們留下一個深刻的好印象，」張太太略有所感地說：「慢慢地似乎應酬多了，和老公也離婚了，在公私兩忙下，選民想見她一面也難，更別說是為民服務了。」

「張太太所說的我都承認，一切都是姓馬的那個龜孫子害的。」春花氣憤地說：「他天天纏著我，黏著我，甜言蜜語一大堆，我林春花竟那麼幼稚地全信了他。」

「矮古伯仔一家忠厚老實，在村裡從無與人紛爭，人緣很好，妳與空金離婚，說真的，也是一種錯誤的選擇。」王媽媽接著說。

「唉，」春花微嘆了一口氣：「如果時光能倒轉，我寧願再嫁給空金，絕不再涉入政壇，選這個什麼鬼代表。」

「自摸！」黃嫂輕輕地把牌放下，多皺的臉龐難掩喜悅的笑容。

「哇塞，」王媽媽仔細地看了一下牌，驚異地說：「還是大三鮮呢！這一下可卯死了。」

「今天的手氣真背，」春花無神地說：「錢也輸光了，打完這一圈就算了。」

「妳緊張什麼？」張太太笑著說：「還沒讓妳脫褲子呢！」

大家興奮地笑成一團，只有春花是一臉的苦笑。

# 17

他每天跟著上山從旁協助，沒事時坐在田埂上，聞聞這片土地的芳香。然而，最令他難於釋懷的，就是春花迄今還未把房地契拿回來，雖然只是一張紙，幾行字，但卻是他人生的全部。

空金獲得農會的補助，買了一部耕耘機，除了把幾塊荒廢的旱田重新開墾外，並獲得鄰人的同意，把附近幾處休耕的農地也一併開墾。然後又雇工開挖深水井，買抽水機引水灌溉，製造堆肥，改良土質，依時序種下許許多多的農作物。雖然他懂得一點農業理論，但並沒有受過實際的專業訓練，僅憑著「要怎麼收獲，就要怎麼栽」的名言，為自己開出一片天地，為自己奠定一個良好的根基。

眼看空金那麼地努力勤奮，農作物也有了收成，矮古伯仔的內心充滿著難以言喻的喜悅。然而，他依然沒得閒，每天跟著上山從旁協助，沒事時坐在田埂上，聞聞這片土地的芳香。然而，最令他難於釋懷的，就是春花迄今還未把房地契拿回來，他已擦淨鐵盒在等待，日日夜夜不停地在等待，雖然只是一張紙，幾行字，但卻是他人生的全部。春花的本質或許是不錯的，但這個社會卻是一個大染缸，如果她能潔身自愛，不受污濁的環境污染，不愛慕虛榮，未嘗不是一個好媳婦，可是一切都晚了，只能在爾後的記憶裡浮動。

矮古伯仔手執牛繩，聚精會神地看著低頭吃草的老牛，農人與牛與土地是不能分開的，缺少任何一方，都將失去它存在的價值，這是不爭的事實。雖然他沒受過正規的教育，亦非理論家，但這點粗淺的道理他懂，並不需要旁人來解說。

天色漸漸晚了，西方最後的一抹彩霞也不見了。空金收拾好農具，矮古伯仔牽著牛，順著蜿蜒的山路，穿過茂密的相思林，一步一腳印，踏踏實實地，往回家的路上走。縱然沿途滿佈籐籬和荊棘，縱然頂上是風霜和雨雪，依然不能動搖他們父子的信心。

「阿爸，你先喝點酒，飯馬上好。」空金為矮古伯仔準備了一點小菜，斟上一杯酒，和顏悅色地說。

「不忙不忙。」矮古伯仔看看他，慈祥的眼光流露出一絲不捨。

如果老伴在，如果春花不離去，這個家將是一個甜蜜快樂的小家庭。然而，倒也不盡然，如果春花不走，空金又會是一副什麼模樣，依靠春花？服侍春花？替春花洗衣掃地？讓春花在外胡作非為？讓自己戴上一頂綠色的高帽子？讓自己在村人面前抬不起頭來？讓自己成為一個沒有臉的男人？許許多多的問號在矮古伯仔腦裡盤旋著，幸好空金能及時回頭，搬開他人生旅途上的一塊絆腳石，找回即將失去的自我，開拓一條光明燦爛的人生大道。

矮古伯仔想著想著，一絲喜悅的微笑掠過唇角，過些時候再央人替空金找個家室吧，他還年輕啊。

「阿爸，你想什麼呀，怎麼菜也沒吃、酒也沒喝呢？」空金端來飯菜，看著矮古伯仔在桌前沉思著，關心地問。

「一起來吧。」矮古伯仔慈祥的音色讓空金倍感窩心。

轉眼，父子不知共進多少次晚餐了，矮古伯仔已垂垂老矣，而空金正值壯年，單傳的香火，希望不久能延續。然而，這不是光說說而已，一切乃要靠緣分，千萬不能重蹈春花的覆轍，這也是矮古伯仔一直感到憂心的。

俗語說：「天公疼戇人」，但天公疼的並非是一些投機取巧，不務正業的人，而是那些默默地辛勤耕耘，不計較得失的人。矮古伯仔父子就是後者，他們蒙受天公祖的疼愛特別多，無論種下什麼農作物，都有收成，也為他們父子累積一筆錢財，雖然數目不大，矮古伯仔的棺材老本有了，也足夠再為空金娶一房新媳婦。「一分耕耘一分收獲」雖然是一句陳腔濫調的成語，但以此來形容矮古伯仔父子，或許再恰當不過了。

# 18

春花憑什麼能週旋在這幾個男人之中，或許靠的依然是她的美麗、她的手腕、以及萬人迷的魔鬼身材和雪白的胴體。當一個女人心中只要權力時，她的羞恥心常被權力矇蔽。

春花真是神通廣大，辦法多多。想不到她竟能在短短的時間裡，籌措到一筆可觀的競選經費。不管她用什麼方法取得，誰有權來過問，或許有權過問的只有她自己。

她的競選辦事處沒有龐大的組織，重要地點也不插旗幟，文宣只有少數的幾張，二輛宣傳車穿梭在各村落，擴音器不停地播放著：

「各位鄉親父老兄弟姊妹，大家好：

請支持形象清新、無黨無派、認眞清廉、專職專業、服務熱忱、眞情有力、敢講敢拚；掃黑金、捉貪官、反賄選、有魄力的二號林春花！」

如此的一遍遍，不停地播放著，老老幼幼幾乎都能背得出。然而，春花這一招，是那一種招術？是那一位高人替她出的點子？如果人在家中坐也能當選，那真是選舉史上一種超人的奇蹟。

其實春花心裡有數，龐大的組識，對一位用錢買票的候選人來說，是沒有用的，只會增加財務上的負擔。況且，她的財務狀況並不是很寬裕，一分一毫都是用她的美麗換取而來的，既沒有金主來挹注，亦無不動產做抵押。那個龜孫子馬哥，玩膩了，人也不見了；她一直很懊惱，在他神魂為她顛倒的那個時候，為什麼不好好地敲他一筆，甚至把他的房子，過户在自己的名下。雖然曾經合夥開公司，但隔行如隔山，資金都被人給啃光了，留下一個爛攤子讓她來收拾。用矮古伯仔的房地契做抵押的貸款，已不能按時繳息，幸好銀行那位經理也是豬哥族，禁不起她豐滿胴體的誘惑，雖然讓他嚐到了甜頭，但她卻沒有少掉什麼，反而利息可拖上一段時間再繳，對一位財務欠佳的女人來說，何樂而不為呀！

如果這一次能順利當選，如果能弄到一筆錢，一定要設法先還清這筆抵押貸款，盡速地把房地契送還給矮古伯仔，好讓他老人家安心。萬一落選呢，她所要面對的問題實在太多了；或許，連一處棲身之所也難尋，連最基本的民生問題也得依靠旁人的施捨，林春花是否禁得起這個考驗和打擊？還是要重回酒店當公關？出賣逐漸褪色的青春年華。如果能徵得空金的同意和矮古伯仔的諒解，重回王家，重做王家的媳婦，這是她夢寐以求的。然而，可能嗎，她已徹底地傷了他們的心，一切一切都是夢想；夢想又怎能成真。

「拜託、拜託，請支持形象清新，無黨無派的二號林春花。
拜託、拜託，請支持認眞清廉，專職專業的二號林春花。
拜託、拜託，請支持服務熱忱，眞情有力的二號林春花。
拜託、拜託，請支持敢講敢拚，有夠魄力的二號林春花。
拜託、拜託，請把最美麗的政壇玉女林春花，再一次地送進代表會。」

第二波的文宣剛出爐，隨即引起對手無情的反駁，四年前曾經吃過她「美麗」的虧，今天終於逮到她的把柄，對手並無指名道姓，僅用隱喻的打油詩方式，給選民一個很大的想像空間。

「酒女形象最清新，無黨無派偏一邊。
床上服務最熱忱，無情無義鬧離婚。
假認眞又假清廉，專職專業在酒店。
敢講敢拚在包廂，手掐男人有夠力。
各位鄉親父老兄弟姊妹，請睜開你們雪亮的眼睛，如讓這號人物進入殿堂，是我們此生最大的恥辱！」

短短的幾句話，讓春花灰頭又土臉，但她並不想與他們打口水戰，反正椿腳已替她計算過當選的安全票數，一切都在她的掌控中，只怕有人加了碼，屆時將是白忙一場，高票落選是她永遠不能接受的；但在選票尚未開出前，人人有希望，個個沒把握是最現實的問題，任誰也不敢大意。

四年前有空金村人的支持，有矮古伯仔親朋好友的贊助，僅化了少數錢，就順利當選。而今所籌措的，近乎它的三倍，如果不是吳大哥、楊大哥、李大哥、孫伯伯、以及新認的乾爹，他們鼎力相助，林春花錢從何處來。然而，這些給錢的、或借錢的，他們與她是什麼關係、什麼交情呢？春花憑什麼能週旋在這幾個男人之中，或許靠的依然是她的美麗、她的手腕、以及萬人迷的魔鬼身材和雪白的胴體。當一個女人心中只要權力時，她的羞恥心常被權力矇蔽，於是她以性做工具，不達目的死不休，相信春花的思維是如此的。

# 19

春花雙眼凝視著他們，凝視著一片翠綠的草地，凝視著一頭熟悉的老黃牛；多麼地期盼他們能站起身，脫下箬笠，向她揮揮手。然而，這小小的期望，畢竟還是讓她失望。

在激烈的競爭下，投票所並沒有為春花開出紅盤。其他候選人的辦事處，已陸續地有鞭炮聲響起，椿腳的回報對春花相當不利，落選已是不爭的事實，春花強忍欲滴的淚水，依然保持良好的風度，她先安撫為她操盤和運作的椿腳：

「近一個月來，大家辛苦了。」春花哽咽著說：「選舉本來就有輸、有贏，雖然與我們估算的票數落差很大，但我相信，大家都盡力了。」

「不，」其中一位椿腳氣憤地說：「矮古伯仔他們村裡，開出的票簡直太離譜。依我們的估算，至少有一百五十票的實力，想不到只有四十幾票。」

「輸就輸在這裡，」另一位比手劃腳地說：「我們只差九十二票呀！」

「被他們耍了，」替她開宣傳車的運將也插起了嘴，「錢他們拿了，票卻投給別人，這些沒有良心的東西，我們應該找他們算帳！」

「好了、好了，」春花打起了圓場：「這種事鬧不得。買票本來就是一種違法的行為，一旦事情鬧大，遭人檢舉，沒選上還要吃官司，這可划不來呀！」

大家都默不出聲，只有落選時的懊惱，只有被出賣時的氣憤。然而主人都已接受這個事實，助選人員又憑什麼不接受呢？

「把宣傳車開來，」春花招招手說：「我們去謝票。」

春花站在宣傳車上，雙手作揖，一遍遍，不停地喊著，不停地高聲的喊著：

「各位鄉親，我是林春花，感謝你們的支持，謝謝、謝謝！」

「各位鄉親，我是林春花，感謝你們的支持，謝謝、謝謝！」

「各位鄉親，我是林春花，感謝你們的支持，謝謝、謝謝！」

「各位鄉親，我是林春花，感謝你們的支持，謝謝、謝謝！」

選區的每一個村落，每一條可供汽車通行的道路，她都不放過。

如果當初她能以這份熱忱的心來感動鄉親，至少也能為她爭取到百來張的同情票，當選或許不會有太大的問題。然而她太依賴金錢，太依賴樁腳，以為金錢是最好的當選工具，但千算萬算總有失算的時候，竟然還有拿錢而票不投給她的選民，這一點是她一直難以釋懷的。

宣傳車疾駛在一條塵土飛揚的黃土路上，遠遠她看見二個熟悉的影子在田地裡耕作，那是矮古伯仔和空金，那是她的公公和丈夫，那是一個即將失去的回憶。她透過擴音器高聲的喊著：

「感謝、感謝，感謝你們的支持！」

「感謝、感謝，感謝你們的支持！」

春花雙眼凝視著他們，凝視著一片翠綠的草地，凝視著一頭熟悉的老黃牛；多麼地期盼他們能站起身，脫下箬笠，向她揮揮手。然而這小小的期望，畢竟還是讓她失望。或許他們只是一個純樸的老農夫，政治與他們何干；誰當選、誰落選，他們都以平常心來看待，如讓這個爛女人當選，是禍而不是福，至少他們村裡的人，多數是有同感的，並不完全是他們父子懷恨在心。

春花感傷的淚水終於落下了，是政治的冷漠？是社會的現實？是人心的善變？還是她所做所為，不能讓這個傳統的社會接受？不能讓鄉親們認同？無數的問號，不停地在她腦裡盤旋著，不停地激動著她的心扉。

謝完票，激烈的選戰也正式地結束，與她同嚐敗選滋味的尚有好幾人，想到此，她的內心也就坦然多了。四年後再捲土重來？還是找個適當的男人嫁了？現在說來，一切都言之過早。如果、如果，如果能與空金重修舊好；如果、如果，如果能再成為他們家中的一員，她會感謝老天的，也會善盡女人之責，做一個賢妻良母，侍奉他們父子終生，此生絕不再涉入政治，絕不再做一個人人欲誅之的政客。

宣傳車停在大門口，她順手把「林春花競選辦事處」的紅紙撕下，揉成一團，順手一擲，擲向遙遠的未來，擲向一個未知的夢境。

從此之後，林春花的大名在政壇上消聲匿跡。
從此之後，聲色場所裡多了一朵，多刺的紅玫瑰。
當然，她亦能幻化成一隻美麗的彩蝶，一朵溫馨的小花。

# 20

從年輕到年老，他一直守著一幢破舊的古厝，幾畝風飛沙的旱田；而失去的時光，變色的家園，始終無法改變他對這片土地的熱愛。

接到法院查封房地的通知書，矮古伯仔臉色發白，口吐白沫，不省人事地昏倒在大廳的地板上。

「阿爸，阿爸，」空金見狀連忙地把他扶起，鄰居也趕來協助、有的按摩、有的掐手、有的捏筋、有的捶背、有的餵他喝開水，總算慢慢地讓他甦醒。然而矮古伯仔依然無力地躺在床上，依然擔心這間古厝會被法院查封，依然擔心那方田地會被拍賣。於是，他病了，得的是內科醫生檢查不出的病症，他每天喃喃自語地，抱著小鐵盒，凝視著空無一物的小鐵盒。

「阿爸，你不要想太多，」空金緊握住他的手，「我不會讓房子被查封，也不會讓田地被拍賣，我會想辦法的！」

不管空金怎麼說，不管空金如何來安慰，矮古伯仔的神情依然如此。空金除了農事家事外，又要照顧近乎失常的矮古伯仔，他的心中萌起一股無名的仇恨，一切都是林春花這個女人害的，他恨不得殺死這個爛女人！

在空金的奔走下，銀行除了體恤他的實情，也認同他清償的誠意，同意他先償還積欠的利息，再按月分期攤還母錢，並撤回對房地的假執行。空金彷佛遇到貴人的相助，喜悅的形色溢於言表，然而矮古伯仔已承受不了如此的打擊，他的精神日趨惡化，空金再如何地向他解釋和保證，依然無法挽回他逐漸失去的健康。

空金牽著牛，步履蹣跚地尾隨在牠的背後，這頭跟隨矮古伯仔幾十年的老黃牛，這頭曾經為他們家辛勤耕耘了幾十年的老牛，何嚐不是矮古伯仔永恆的牽掛。而好久好久，老主人已不再撫摸牠金色的體毛，老主人也不再輕拍牠的背，這條山路，牠與老主人不知已走過多少日夜晨昏。

老牛在田埂上啃食著青草，長長的尾巴拍打著纏身的蠅蟲，空金替代老主人拍拍牠的背，撫撫牠金黃的體毛，這是否就是傳承？這是否就是代代相傳？人與牛息息相關，人與這片土地何況不是也如此。空金放眼望去，田野是綠油油的一片片，只是深恐他的阿爸無緣目睹這片景象。從年輕到年老，他一直守著一幢破舊的古厝，幾畝風飛沙的旱田；而失去的時光，變色的家園，始終無法改變他對這片土地的熱愛。此刻，他生命中的泉水即將乾涸，這片土地也將從他的生命中失去。空金想到此，情不自禁地悲從心中來，一滴滴悲傷的淚水，滴落在矮古伯仔一鋤一鋤開墾的田地上。

空金俯下身，掬起一把土，聞聞泥上散發的芳香，它有阿爸的汗香和體香，有阿爸的掌印和腳印，還有阿爸尿急時撒出的一泡溺，吐出的一沫痰。因而，這把土，這塊地，都有阿爸的身影存在，更有阿爸與這片土地永恆不渝的深情。雖然阿爸不能與他同來，他將掬一把芬芳的泥土，放在阿爸的床前，讓阿爸時時刻刻都能聞到，這股他深以為傲的鄉土味。

燦爛的陽光映照在翠綠的林木上，隨著社會的變遷、人口的外移、老農的凋零，許許多多的土地已荒廢，唯有矮古伯仔和空金父子，默默地守住這片田園，守住老農一生追求的根和理想。空金他深信，延續這條農耕的命脈是他永恆不變的心志，他不會被外來的因素擊倒，他不會半途而廢，他愛鄉愛土，唯一憎恨的是春花，這個爛女人！

# 21

錢，曾經是她追求的目標，錢，曾經讓她墮落和頹廢；有人爲錢而生，有人因錢而死；如果不把它當成身外物，永遠是它的奴隸。

春花重理舊業已是家喻户曉的老闆，而不是新聞。

然而她打著退職民代的響亮招牌，妝扮得更是端莊艷麗，她已不再是陪客坐檯的小姐，而是週旋在每一個包廂的公關經理。她以高超的交際手腕，以熟悉的行家姿態，調配所有的女郎，她儼然已成為這個煙花聲色場所中的大姊大。她看穿了這個現實社會、冷漠的政治環境、醜陋的男人嘴臉。於是，她不再以美麗做工具，不再以性來換取金錢，雖然因職業的使然，不得不週旋在每一個包廂裡，不得不禮貌性地和客人寒喧。不管對待老主顧，新客人，她已懂得嚴守分寸，男人若想佔她一點便宜，豬哥族若想吃她一口豆腐，她變臉似變天，絕不為客人留顏面；雖然得罪了不少客人，但絲毫不影響她們的營業。因為她們酒店有一流的裝潢、富麗的包廂、出眾的美女、低廉的價格，加上曾經貴為民代的女公關經理，如此的組合，又有那個同業能與她們相媲美。

春花對人生開始懂得規劃，對自己也做了最徹底的反省，投入政治是她人生一大錯誤，被馬哥甜言蜜語所騙是二大錯誤，和空金離婚是三大錯誤。每一筆都值得她深入檢討，每一筆都是她人生中最嚴重的致命傷。每當夜深人靜，每當風雨交加，每當午夜夢迴，她的心湖猶如風浪的侵襲，一波未平又一波；一波未平又一波地，讓她難以忍受痛苦的煎熬。對馬哥的恨猶如空金對她的恨一樣，而對矮古伯仔，她的內心更深懷著一份難以言喻的歉意，如今他老人家已病倒在床，精神已失常，意識已不清，一切罪孽應由她來承擔，一切過錯應由她來負責，如果能挽回她與空金的婚姻，不知該有多好，這也是她自我檢討過後唯一的夢想，唯一的奢求。如果老天有眼，應該要同情她這份虔誠的懺悔之心，完成她的心願，讓她重新做人，讓她重新立足在這個社會，照顧矮古伯仔終生。

春花已存了一些錢。錢、曾經是她追求的目標，錢、曾經讓她墮落和頹廢。有人為錢而生，有人因錢而死，如果不把它當成身外物，永遠是它的奴隸。春花換上簡樸的便裝，來到當初把矮古伯仔的房地契，設定抵押的銀行，她巡視了一下四週，那位豬哥經理已不在其位，論其品德絕無高陞之可能，或許掛了也不一定。

「請你查一下王天海的抵押貸款帳户。」春花在櫃台前停下，順手取出一疊鈔票，放在櫃台上，柔聲地說：「我先替他還三十萬。」

櫃員看看她，是看她的美麗，還是懷疑她還錢的動機？然而，不管是什麼動機，借錢難，還錢總不難吧！還是還錢也要保證人？這些沒有良心的吸血鬼！

櫃員取出帳卡，點數現鈔，書寫傳票。她目不轉睛地凝視著那張密密麻麻的帳卡，始終沒有勇氣開口問他還剩多少錢未還清，或許還早吧。但無論如何，她會省吃儉用，慢慢地、暗中地，幫空金還清這筆因她而背負的債務。

春花曾趁著空金上山耕作時，偷偷地回鄉下探望矮古伯仔，鄰居都感到驚奇和不可思議，尤其看到她那不施脂粉又消瘦的面龐，以及樸素的衣裳和裝扮，不得不令人心生同情。

她快速地為矮古伯仔梳洗身軀，洗滌衣物，打掃房間，惟恐被空金碰到將她趕出門。大家都清楚，空金雖然為人忠厚，但也有他的個性，一旦發作，王爺國公照樣請出來，絕不妥協。尤其對春花，他恨之入骨，他恨之入骨！春花想和她重修舊好，或許尚言之過早吧。

春花屢次來探望矮古伯仔，鄰人也不敢告訴空金，深恐橫生枝節，對他們造成二度傷害，加深仇恨。而空金一直不明白，是那一位好心的鄰居來為他阿爸梳洗、打掃？鄰人的好心他實在不便過問，相信有一天，這個恩人會出現的。然而，恩人何止這些，是誰先為他償還三十萬？這可不是一筆小數目，銀行的櫃員說是一位小姐，而小姐何其多，又是那一位小姐願意先為他償還三十萬呢？莫非是天助、神助，空金再怎麼想，也想不出是春花的幫助，毋寧說是春花在還債，只是他不知而已。

對於春花一而再，再而三地回到這個純樸的農村裡，探望病中的矮古伯仔，村人對她的印象也有了新的改變。她變得低調有禮，應答得體，對老弱婦孺，關懷有加，以前的不當情事，似乎已慢慢地從村人的記憶中消失。她以一副新的面貌，呈現在眾人面前；以全新的姿態，接受村人的檢驗，而空金是否會認同這個事實？讓她回歸到這個缺少女主人的家庭，一切乃是未知數。

「出去，出去！」當春花再次回到這個家庭，巧而讓空金碰到，他大聲地怒吼，硬把她推出去，「妳出去，給我滾出去！我們不要妳的憐憫，不要妳的施捨！」

春花無言以對，淚水取代她的辯白。她低著頭，佇立在門口埕的暗角處，不停地哭泣著，空金睜大眼睛，咬牙切齒地瞪了她一眼，又

「呸」地一聲，在她眼前吐了一口口水，而後扛起了農具，往山路走去。村裡的婦人見狀，都紛紛地圍過來安慰她。

「別再傷心了，春花。」阿財嬸輕輕地拉起她的手，輕聲細語地安慰她說：「空金現在還在氣頭上，妳千萬不要太介意；人在做，天在看，時間會證明妳的誠心和誠意。」

「阿財嬸，我不怕等，只祈求有一天他能原諒我。」春花擦拭著欲滴的淚水，神情黯然地說。

「這點妳放心吧，我們會慢慢來開導他。」阿福嫂也以承諾來安慰她。

「我從不否認以前做過許多對不起他們的事，但我一心向善來懺悔、來改過，雖然我不敢奢望能重回這個家庭，但只求他能原諒我，讓我在人生這條道路上，活得有意義。」春花低聲地說。

「相信空金是一個明理的人，」阿財嬸接著說：「如果妳真有這番誠意，而他又固執不聽我們的勸導，我們一定央請村長出面來說服他。」

「矮古伯仔的身體狀況已快不行了，或許正在選日子、看時辰，如果時間允許，妳要多費點神啊。」阿福嫂說。

「會的、會的，我會的。」春花急促地說，頰上又多了許許多多的淚水……。

# 22

孩子，我們的頂上是藍天；藍天雖美，但沒有我們腳踩的土地踏實。我們的根已深入在這片土地裡，地裡的一粒沙，一把土，都與我們的血汗相凝結。

空金一直想不透，春花這個爛女人，為何又陰魂不散地出現在他的面前。她猜想，銀行那三十萬一定是她還的，替阿爸打掃、洗滌的是她無誤。這個女人，在外面玩夠了、瘋夠了，她已不再是酒店裡的紅牌酒女，也不是政壇上的玉女；她年華已逝，青春不再，現在還能有多少賣點，還能引誘多少男人？難道是看他這個老實可欺的鰥夫，想再一次來騙他，想用這個圈套來套他？空金的內心裡，憤怒地吶喊著：「林春花啊林春花，妳的想法未免太天真了，妳小看了一個農夫，一個常年與牛、與地為伍的莊稼漢」。當初雖然錯讓她投身政壇，但人必須潔身自愛，政治人物的品德操守、一舉一動、所做所為，更必須禁得起選民的檢驗。空談理想、謀取私利、人格淪喪、亂性亂倫、如此之人，又有何格立足在這個社會。

春花之於會淪落至此，空金並沒有迴避責任，或許太過於聽信她，太過於寵愛她，太過於尊重她，毋寧說有點懼怕她，處處以她的觀點為觀點，以她的決定為決定，甚至她和那個姓馬的龜孫子有了一腿之交，他並沒有全力阻擋，曉以大義，任由這對狗男狗女做一些見不得人的好事，仔細想想，他必須承擔大半的過錯，不能把責任都推給春花。然而，男人的尊嚴逼迫他不能承認這個錯誤，一切的過錯都是春花，她才是罪魁禍首，她才該殺！想起這些，他依然是氣難消，氣難消！

過去一些不如意的事，的確讓空金愈想愈生氣，但他並沒有因此而喪志，除了照顧矮古伯仔，幹起活來如一條生龍，如出山的猛虎。過些時候，他一定會把那幾張房地契拿回來，重新放在阿爸的鐵盒裡，這是他唯一的目標，不變的心志。相信阿爸看到那幾張所有權狀，很快就會好起來的，屆時，他們父子又可一起上山，聞聞田野的芳香，只是深恐這個美夢難成真，空金不禁悲從心中來：：：。

突然地，矮古伯仔的神智清醒了很多，自己能走動，口齒也清晰，他告訴空金想上山走走。

「阿爸，等你完全復元後，我再陪你去吧。」空金擔心他的體力，不知能不能負荷。

「我好了，我已經完全好了，你不必擔心。」矮古伯仔聲音有些抖，氣有些喘。

空金為他披了外套，扶著他，一步步，緩緩地朝著蜿蜒的山路走著。矮古伯仔東張張、西望望，是遠山翠綠的山林讓他心曠神怡，還是這片土地讓他雀躍萬分。他深凹的雙頰浮起一絲滿足的微笑，這是一片多麼美的土地啊，他打從內心發出如此的呼喚。

「孩子，我們的頂上是藍天；藍天雖美，但沒有我們腳踩的土地踏實。」矮古伯仔牽著空金的手，一句句，低聲地說：「我們的根已深入在這片土地裡，地裡的一粒沙，一把土，都與我們的血汗相凝結，孩子，你要珍惜它。」

「阿爸，我會記住，永遠地記住。」空金緊緊地握住矮古伯仔的手說：「沒有土地，猶如浮萍沒有根，它終將隨波逐流，找不到方向。」

「你的譬喻很正確，」矮古伯仔點點頭，突然感傷地說：「孩子，你看到日正當中的太陽吧，它雖然燦爛，卻有西下的時候；人生何況不是也如此，當心中的陽光西沉，旭日永遠不會再為它昇起。孩子，你不能不捨，只有祝福，知道嗎？」

「阿爸，你不能說這些消極的話，」空金別過頭，紅著眼眶，雙眼凝視著矮古伯仔，哽咽著說：「明天的旭日，依然會因你而高昇；明天的陽光，依然會因你而燦爛！」

「孩子，不可能的事不能強求。」矮古伯仔移動著腳步，「我們回家去吧。」

空金點點頭，攙扶著他，往回家的路一步一步緩緩地前行。然而，矮古伯仔的眼睛，不停地環視四週，似乎未曾放過大自然裡的一草一木、一塵一埃。突然他俯下身，掬起一把土，在鼻前連續幾次不停地巡著，是不捨？還是要品嚐它的芳香？久久、久久，滋潤這把泥土的是矮古伯仔的兩行清淚，以及一顆即將回歸塵土的心。

回到家裡，矮古伯仔佇立在大廳的供桌前，從「土地公」、「媽祖婆」、「觀音媽」，到列祖列宗的神主牌位，他一遍遍不停的巡視著。終於，他的目光停滯在老伴的牌位上，這個沒良心的女人，為什麼要早早離開他，讓他父兼母職，渡過艱辛苦楚的人生歲月。明日時辰一到，他的神魂將從人間遊移到陰間，然後輕叩她的大門，喚她一聲：「梅娘」。而她是否還記得他，記得他們曾經擁有一段幸福美滿的家庭生活，以及一位戇而不傻的心肝寶貝；或許忘了吧，或許她在陰間又找到了伴侶，找到了一位她心中理想的親蜜愛人。

矮古伯仔雙腳跪地，手拈清香，他祈求先人，當他的時辰到來，請引導他走向西方的極樂世界………。

# 23

她一步步爬向矮古伯仔的棺木旁，伏在黑色的棺木上，一聲聲「阿爸、阿爸」的淒厲哭喚聲，一句句「阿爸、阿爸，我錯了、我錯了」的懺悔聲，聲聲激動著生者的心靈和肺腑，聲聲感動著天地和鬼神。

矮古伯仔「壽終正寢」的消息並沒有引起太大的搔動，這是上了歲數的老年人必須走的路。大家都認為矮古伯仔好命，沒有受到病魔太大的折磨，雖然精神失常，語無倫次，但並沒有暴力傾向。因而，老一輩的村人與他相處，依然極為融洽，對於他的逝世，除了流下一把同情淚，唯一的就是分工合作，替他辦理後事。

春花聞訊後即速地趕回來，然而她在大門外徘徊了許久，始終沒有勇氣踏進去，深恐又被空金趕出來。

「春花，妳怎麼站在這裡不進去呢？」阿財嬸走到她的身旁，不解地問。

「阿財嬸，」春花一陣心酸，淚水已爬滿了她的臉，「我怕空金把我趕出來。」

「不會啦，」阿財嬸拉著她的手，緩緩地走著，「人已經躺在棺材裡了，還有什麼脾氣好發的。」

跪在棺木旁的空金，一見到春花，隨即站了起來，氣憤又激動地指著她說：

「出去、出去。出去、出去。誰叫妳來的！」

春花「哇」地一聲跪了下來，傷心地，悲傷地，不停地嚎啕大哭。她不理會空金的阻止，一步步爬向矮古伯仔的棺木旁，伏在黑色的棺木上，一聲聲「阿爸、阿爸」的淒厲哭喚聲，一句句「阿爸、阿爸，我錯了、我錯了」的懺悔聲；聲聲激動著生者的心靈和肺腑，聲聲感動著天地和鬼神。

空金氣憤地不看她一眼，心裡想著，等她哭完後再把她趕出去，這個臭女人、爛女人、不要臉的女人！或許，村裡的嬸姆、叔伯、長老都已看出他仇恨春花的心態，刻意地把他叫到一旁。

「俗語說，知過能改善莫大焉，相信你懂得這句話。」飽讀詩書的阿財叔開導他說：「春花的改變，村人有目共睹，誰也騙不了誰。

今天你阿爸已往生，大家都處在一個悲傷的氛圍裡。人是有感情的，春花雖然有對不起你們的地方，但好好壞壞也與你們相處了好幾年。今天她踏進這個家門，並不是貪圖什麼，只是盡一份孝心，如果你能不記前嫌重新接納她，這是村人所樂意見到的，也是你阿爸在九泉之下所願意看見的。不要忘了，破鏡重圓的家庭最溫馨。」

「阿財叔說得沒有錯，」阿種伯接著說：「你今年的歲數也不小了，想續弦談何容易，況且你們曾經相處過好幾年，彼此之間也有一番瞭解。以前因瞭解而分開，現在因瞭解而再結合，這是多麼地難能可貴呀！」

「這也是一個機會，」阿財嬸也插起了嘴，「春花如果不惦念著這點舊情，永不再回頭，你能拿她怎麼樣？不要忘了，在短暫的人生旅途裡，有一個家，有一個伴，才稱的上完美；如果想孤零零地過一生，再多的財富也沒用。」

空金無言地、淚流滿臉地，接受他們善意的教悔和開導。他的情緒也略微地平靜，沒有初見春花時那麼的激動。然而他始終不明白，這個女人為什麼還有臉回到這個家？到底存的是什麼心？果真像阿財叔他們所說，她變了，變成一個村人都認同的好女人，如果有一天再變回去呢？這世界絕對沒有不變的人、事、物，定論不必下得太早，未來的誰膽敢預言。

為了尊重長輩的勸導，以及不願驚醒長眠中的矮古伯仔，空金不再對春花怒目相向，也不再叫她滾出去，一直讓她伏在矮古伯仔的靈柩上哭泣，不願理睬她，只因為他心裡依然有恨。

春花哭了很久很久，哭腫了眼，也哭碎了心。雖然她想以贖罪的心、以真誠的心來侍奉矮古伯仔，但天卻不從人願，僅那麼短短的一段時光，就讓天人永隔，一在天上，一在人間，怎不教她凄然淚下。然而此時此刻，她多麼期盼空金能和她打一聲招呼，任憑一句罵她的話，她也願意洗耳恭聽。但他沒有，一副冷冷的面孔，一顆冷冷的心，竟連看她一眼也厭倦。難道他真的恨她那麼深，真的那麼絕情？抑或是她變醜了，臉醜心也醜，不值得他一看。

「好了、好了，休息一下，別再哭了。」阿財嬸輕輕地拍拍她的肩說：「人死了不能再復活，只要有這點孝心就好。」

春花抬起頭，揉揉紅腫的眼，而後，雙手又伏在棺木上。

「租來的喪服，就在空金的房裡，妳去穿上。」阿財嬸熟練地告訴她說：「媳婦要穿黑色的。」

春花猶豫了一下，始終沒有勇氣站起來。

「不要怕，」阿財嬸再次拍拍她的肩，低聲地告訴她說：「剛才阿種伯以及妳阿財叔都給他講過了，他又不是牛，不會聽不懂的。」

春花以感激的眼神看看阿財嬸，而後站起身，偷偷地瞄了空金一眼，看看他會有什麼式樣的反應。然而沒有，空金依然跪在棺木的另一端，雙手放在棺木上，兩行淚水，兩管鼻水，這是一幅多麼地，讓人心酸的景象啊，惟有當事人，始能體會出如此的心情。

矮古伯仔生前，雖然只是一介農夫，但他熱心公益，當選過「好人好事代表」、「敬軍模範」，又是「中國國民黨」的老黨員，春花好好壞壞也曾當選過民意代表，村長特地為他籌組治喪委員會，佈置靈堂，恭請地方父母官為主任委員，這在一個純樸的小農村裡是少有的大事。各界的輓聯掛滿整個靈堂，不僅讓矮古伯仔風風光光上山頭，喪家也倍感榮焉。然而村長在眾多的輓聯中，突然發現，竟然有五位科長合送一幅價值八十元的輓幛，三位祕書加二位主任也是這種情形，村長憤怒地破口大罵：

「幹伊娘，小氣鬼，五個大官送一塊白布；每人少喝一口酒也不止八十元！」

「不要生氣啦，」順伯仔走過來，打了圓場說：「意思到就好了，況且大官在上，小老百姓永遠沒有生氣的權利。」

「幹伊娘，把它撕下！」火南叔公也發了火，「用十六元來敷衍死人、欺騙死人！」

在道士的引導下，矮古伯仔的棺木已抬到靈堂後，空金身穿麻衣，手拿「番仔」，跪在地上，而後一步步爬向靈堂前，春花身穿黑衣褲，頭罩麻巾尾隨在後，他們相繼地為矮古伯仔上香一拜，傷心的淚水與悲傷的鼻涕齊流，鄉親鄰人也紅了眼眶，他們會永遠惦記著一位與世無爭的老好人。

公祭開始時，擔任治喪委員會主任委員的父母官並沒有到，只派了一位祕書來主祭，村長的火氣霎時又爆發。

「幹伊娘，這種官僚，別以為他連任一次了，以後不必再選了，派一個小祕書來應付一下，他不但瞧不起喪家，也瞧不起我這個村長！」村長愈說愈氣：「幹伊娘，大家走著瞧！」

村長的理由絕不牽強，這也是對官僚體系的一種諷刺。他們在競選的時候，村長往往是他們最大的樁腳和輔選人員。如今，他已連任過一次，不能再參選了，樁腳和村長對他們來說已失去了作用，趁機一腳踢開是一件極正常的事，況且，並不是政客的無情，而是社會的現實。

矮古伯仔已風風光光被抬上山頭，他的神主牌前供奉著一碗白米飯，繚繞的清煙，白色的燭光，已模糊了矮古伯仔的影像。

春花在阿財嬸的協助下，把矮古伯仔生前睡過的被褥衣物拿到郊外燒棄，屋內也重新整理和打掃。連續幾晚，她一直守在矮古伯仔的棺木旁，累了就伏在棺木上小睡片刻，沒有嚐過睡在床上的滋味。現在矮古伯仔的後事已料理完畢，空金是不會留她的，她也該回到租處好好的睡一覺，明晨再來給矮古伯仔「拈香拜飯」吧。

她拎著小包袱，走到院子，空金不願瞧她一眼，她也不願看他一目，直接走到阿財嬸身旁。

「阿財嬸，」她紅著眼眶，哽咽著說：「我先走了，明早再來給阿爸拜飯。」

「什麼？」阿財嬸訝異地問：「妳要走，妳現在就要走？」

春花點點頭，也點下了一串淚珠。

「妳阿爸的房間，我們不是打掃過了嗎？就是要讓妳住的呀！」

「阿財嬸，」春花不知該說什麼，竟伏在她的肩上哭了起來。

一旁的空金竟連一句挽留的話也不說，阿財嬸火冒三丈地指著他，高聲地怒叱著說：

「你是啞巴啊，你站在那裡發什麼呆！你不會留留她呀！！」

空金被這突來的叱責聲怔住，一時不知該說什麼。然而他的雙眼卻在此刻，投射在春花的身上，春花頭一抬，霎時，四隻眼睛成了兩條直線，在交會的那一霎裡，它能發射出一道什麼式樣的光芒？

「既然回來，就不要走！」空金的口氣，讓人難於忍受。

然而，聽在春花的耳裡，卻倍感不同，她現在可以順理成章地不走了；是他叫她不要走，不是她自願留下。

阿財嬸終於鬆了一口氣，他們本來就是夫妻嘛，她打從內心裡，說出這句真心話。

# 24

風吹、雨淋、烈日曬的農家生活更易摧人老。春花已曬成一朵黑玫瑰，清瘦的面龐，脂粉不施的她，依然有一份自然的美。以前的浮華已不見，歲月讓人蒼老，歲月也讓人重生。

春花重回這個家庭後，村人正面的誇讚遠勝負面的批評。她已辭去酒店的公關經理，做一個專職的家庭主婦。她試圖把以前璀燦的、與不如意的事，一件件從她忙碌的生活中，淡忘或消失。一切從頭來，一切從現在開始，讓以前的春花如石沉大海，讓以前的春花永不超生。然而，空金對她的恨意似乎未消，從不自動和她說話，她問一句，他答一句，他住他原來的房間，她則住矮古伯仔生前住的房間裡，同在一個屋簷下，卻有不同的畫面，這是多麼地有趣啊。或許，村人以為他們已是親蜜的戰友，誰曉得他們還在冷戰中。

空金依然忙於農耕，他的最終目標是先把貸款還清，取回權狀，放在鐵盒裡，以慰九泉下的阿爸。唯一的好處是休耕回家後，不必再為三餐煩腦，不必再為家事操煩，一切有春花；春花讓他能專心在田地裡工作，春花讓他回家有飯吃，春花讓他：：。有春花竟是那麼地好，他為什麼不加以珍惜，他為什麼還要懷恨在心？空金不停地思索著，希望能從其中尋找到一個令他心服的答案，而這個答案，竟然深藏在他們兩人的內心裡。

春花除了家務外，她也取代矮古伯仔生前，協助空金農耕的職務。在農忙時，兩人同時上山，同時幹活。他挑重的、她做輕的，兩人內心雖有隔閡，但在工作上卻是同心協力的夫妻檔，誰不羨慕他們的甜如蜜，而想不到關起房門竟是冷若冰。是他們的性無能？還是未老先衰，抑或是農務太忙，沒有了性趣？然而，什麼都不是，只因為空金氣未消、恨未除，錯過許許多多，人生歲月裡的美好時光。或許，更重要的並不是這些，而是空金對春花的回歸，心存疑惑，必須再一次地接受時間的考驗。況且，他們已正式辦理離婚手續，如果雙方有心又有意，一切仍須從頭來，婚姻不是兒戲，而是真誠和責任，誰也不願承受第二次打擊和傷害。

時間過得很快，春去秋來又逢冬。然而，風吹、雨淋、烈日曬的農家生活更易摧人老。皮膚白皙的春花已曬成一朵黑玫瑰，清瘦的面龐，浮起幾條細細的魚尾紋，脂粉不施的她，依然有一份自然的美。她謙虛有禮，以前的浮華已不見，不良的煙酒嗜好已徹底地根除，歲月讓人蒼老，歲月也讓人重生，而重生者是否享有幸福的人生歲月？答案當然是肯定的。

「你阿爸已經『對年』，你們也已經『脫孝』了，」那晚，阿財嬸坐在大廳的籐椅上，面對著空金說：「你們的結婚手續也要快一點去辦。」

「慢慢來啦，阿財嬸。」空金不在意地回應她說。

「七拖八拖，東拖西拖，成什麼體統！」阿財嬸不高興地說：「你不急，人家春花急。」

「不急、不急，」春花趕緊地搖搖手說：「慢慢來，慢慢來。」

她說完，看了一下空金，深恐他不高興，反而壞了事。

阿財叔是矮古伯仔的堂弟，在這個村裡，他們是較「親」的一家。而今，矮古伯仔已過世，阿財叔、阿財嬸凡事不得不來關心，空金對兩老，也尊敬有加。

「阿財嬸，」空金略有所思地，「我想先把銀行那筆貸款還清再説。」

提到這筆錢，春花隨即低下頭，一切都是因她而起。她相信，這筆錢與她的幸福是有關連的。

「還差多少？」阿財嬸關心地問。

「不多啦，」空金不願説出詳細數目，「過些時，賣了豬，高粱少説也可收割百來擔，芋頭也開始挖了，很快就能還清了。」他信心滿滿地説。

「不要辜負了春花。」阿財嬸提出警告。

「不，阿財嬸，」春花搶著説：「是我辜負他，是我害了他。」

「過去的就讓它過去吧，」阿財嬸慢條斯理地説：「有些人因瞭解而分開，但你們卻是因瞭解而再結合，相信你們都會珍惜這份姻緣的。」

「阿財嬸，」空金凝視著她，由衷地說：「自從我長大懂事後，妳就像母親般地關懷著我，讓我沐浴在慈愛的春暉裡。阿財嬸，我不會讓妳失望的。」

「有你這句話，我就更放心了，」阿財嬸依然面對著他，「一個家庭能否幸福、美滿、和諧，不是憑藉著個人的力量，而是雙方要同心協力、互信互諒，如果缺少這點基礎，到手的幸福也會被溜走。」

「謝謝妳，阿財嬸，俗語說：『聽君一席話，勝讀三年書』。妳的教悔，我們會深記在心頭。」空金說完，看看春花；巧而，春花也正看著他。

阿財嬸走後，春花回到自己的房間，空金卻跟了進來。他拉起了她的手，轉了她一下身軀，輕輕地撫摸著她的髮絲，一遍遍，輕輕地撫摸著。春花像一隻受驚的小綿羊，把臉深深地埋在他的胸前。猛而地，空金托起她的臉，低下頭，不停地用嘴搜尋著她的唇，然而搜尋到的是她鹹鹹的淚水。

春花輕輕把他推開，擦擦自己的淚水，淡淡地說：

「時間不早了，回房睡吧。」

「不，」空金左手放在她的肩上，右手環過她的腰，把她摟得緊緊的，「從今以後，我要和妳睡在一起。」

「以後再說吧，」春花又一次把他推開，「不要忘了，我們還沒有結婚呢。」

空金緩緩地步出她的房門，一輪明月高高地掛在庭院的天際，幾隻野貓在屋頂上追逐，傳來一陣陣難忍的叫春聲，聲聲震憾著他的心。

「一切等結婚後再說吧………」他喃喃自語地說。

# 25

他刻意地點燃一對小紅燭，柔和的燭光映照在春花的臉上，更增添幾分嫵媚和嬌艷。他的心湖裡，滿載著一船幸福的笑靨，他將與春花共享，共享一船燦爛的星輝。

貸款終於還清了，空金第一件事，就是把房地契所有權狀，折好放在鐵盒裡，並上香向矮古伯仔稟告，以慰他在天之靈。當然，他也把這則喜訊告訴阿財叔和阿財嬸。

「錢還清了，就如同搬走內心裡的一塊石頭，」阿財叔吸了一口煙，「貸款的壓力很多人都嚐試過，往往會讓人喘不過氣來，幸好你們有決心和恆心，才免被查封和拍賣。千萬要記得，古厝和土地與我們有密不可分的關係，你阿爸生前最在意的就是這些，其他對一位老人來說，都是身外之物。」

「還清貸款的同時，你也別忘了對春花的承諾。」阿財嬸嚴肅地說。

「現在的春花已非以前的春花囉，」阿財叔冷笑了一聲，「改改你的牛脾氣，好好與人家相處，別忘了自己是誰呀！」

空金被說得啞口無言，只能對著他們傻傻地笑笑。

「找個時間到法院公證，補辦一下結婚手續。我和你阿財嬸做主婚人，找村長做介紹人。」阿財叔命令似地說：「就這麼說定了。」

「總得問問春花吧。」空金倒有一點膽怯，不知春花是變還是不變。

「現在懂得尊重人家了吧，」阿財嬸笑著說。

然而，春花何須問，該問的是空金他自己。

他們已向法院公證處提出申請，請他們安排公證時間。

結婚對空金和春花來說，雖不是新鮮的第一次，但兩人的內心裡，仍難掩梅開二度的喜悅。那天，春花刻意地妝扮了一番，然而就在她對鏡的時刻，竟然發現眼角的魚尾紋，比往日更粗更深了，髮間也夾著幾根白髮，她搖搖頭，微嘆了一口氣，人不老，歲月卻摧人老，奈何啊，奈何！她的內心裡，發出如此的感嘆。

她婀娜的體態也有些微的變化，以前所穿的衣服，純為職業所需，量身訂做，此時已不適合她的身分。她選擇淡藍的洋裝，紅色的外套，這畢竟是喜事，是她生命中最莊嚴最神聖的一件事，她沒有理由不珍惜，且讓紅色為她們拈點喜氣吧。

空金穿了一套老舊的西裝，他不習慣打領帶，也不習慣扣鈕扣，白色的襯衫，古銅色的皮膚，更凸顯出他的戇氣和帥氣。他看看春花，看看今天這個新娘子，她清瘦了一些、也老了一些，她黑了一些、也憔悴了一些；唯一不變的，是她的美麗。當然，美麗並不是一種錯誤，真正錯誤的是人。如果沒有當初的錯誤，或許，或許現在已是兒女成群了。

接過公證人手中的結婚證書，彷彿他們的兩顆心在霎時已連成一體，難以形容的喜悅在內心裡蕩漾，這是他們重新邁向幸福人生的開始，不容許有任何的疏失和差錯。他們將同心協力、攜手同行、相互扶持，創造一個和諧美滿的家庭。

當晚，他們在附近的餐館備了一桌酒席，宴請少數的親友。在其他人眼中，這或許多餘的，但對他們來說，卻有不同的意義。除了感謝阿財叔嬸平日的關懷和照顧，也要感謝村長多方面的協助和幫忙，最終目的，是為他們留下一個永恆的回憶。

席間賓主盡歡，祝福之聲連綿不斷。首先，村長說：

「我一生中，不知替村人辦過多少喜事，惟有這一次，讓我感到意義非凡。人生中的悲歡離合，本來就是一件極尋常的事，但一對因認識而結合，因瞭解而分開；而後又認識、又瞭解、又結合在一起的夫妻，我們除了祝福，還是祝福！」

「有人說：人生如戲，戲如人生。他們的故事，就像一齣曲折感人的連續劇。」阿種伯仔感性地說。

「如果矮古兄還在的話，不知會有多高興。」阿財叔端起杯，飲下好大的一口酒。

「你們這一房都是單傳，」阿財嬸接著說：「趁現在還年輕，要多生幾個。」

年輕？春花心裡一怔，一個歷盡風霜的高齡婦女，連受孕都有困難，她還能為這個家庭添多少丁？她還能為這個家庭做多少事？在接受祝福的同時，也讓她感到憂心。雖然只相差兩歲，但看起來空金比她年輕多了，不僅有那份戇厚的帥氣，更有一個硬朗結實的身體，反而她看來虛弱蒼老，缺少一份昂然的生氣和光彩。

他們相偕站起，順著序次敬每一位長輩，他們的祝福，換來他們的感謝，這是一個多麼温馨的場合啊，相信每一個人都會銘記在心中，至到永遠。

送走了賓客，在秋月的映照下，他倆順著蜿蜒的山路走著。春花緊緊地挽著空金的手臂，頭微微偏向他的身軀，好久好久沒有如此地親蜜了，好久好久沒有如此地相偎依了。

「春花，」他低著頭，輕喚了她一聲，而後說：「或許我們都會珍惜這一次的婚姻，但願它能像我們腳踏的土地那麼地牢固。」

「以前都是我的錯，今晚我以一顆誠摯之心，鄭重地向你說聲抱歉。也謝謝你不嫌棄，再一次地接納我。」春花依然把頭斜靠在他的臂上，感傷地說。

「不，春花，愛是不必說抱歉的。」他的手輕輕地拍著她的肩，「我們的思想已隨著年齡而成熟，我們要的是實際，而不是虛幻中的夢想。」他說著、說著，又輕拍了一下她的肩。「此時此刻，我們不必談誰接納誰，而是我們的兩顆心已融合成一體，相信我們的愛會更彌堅、更牢靠。」

「但願我不會增加你的負荷。」春花淡淡地說。

「在我人生旅途裡，我願意揹負妳這個甜蜜的包袱。」空金激動地說。

他們環繞了幾座小山頭，路經他們耕種的幾塊地，腳踩的雖然是平坦的泥土，卻有矮古伯仔深深的腳印存在著，他們也將循著這個腳印，找回一個失去的回憶。

他們緊緊地牽著手，秋月已逐漸西沉，似乎忘了今夜是他們的新婚之夜，為什麼會蹓躂在這片荒郊野地。不，這不叫荒郊，這是他阿爸開墾出來的一片沃土，這是他阿爸走出來的路。前面沒有刺人的荊棘，沒有絆腳的籐蔓，這是一條幸福的康莊大道，和春花攜手走來，它將更順暢、更平穩。

回到家，牆上的壁鐘剛敲過短短的一響，是午夜幾點半已無關緊要，他已和春花回到這個溫暖的家。有人說：家是人生旅途中的一個驛站，但這個家對他來說太重要了，他將無條件地為這個家奉獻一切，也會永遠的愛著春花、護著春花，更要為孕育子女，延續香火做萬全的準備。

春花已把床單鋪好，他刻意地點燃一對小紅燭，柔和的燭光映照在春花的臉上，更增添幾分嫵媚和嬌艷。他的心湖裡，滿載著一船幸福的笑靨，他將與春花共享，共享一船燦爛的星輝。

他走到春花背後，雙手輕輕地放在她的肩上，梳妝檯的明鏡反映出他倆的身影，她嬌羞地低著頭，他聞著她的髮香，以前的激情已幻化成此刻的柔情，儘管他們體內，有一股無名的火焰不停地在燃燒，好久好久未曾碰觸過的冰肌玉膚，對他來說，的確有難以抗拒的誘惑力。然而，春花亦有七情六慾，並非聖母瑪莉亞，只是此時此刻，誰也不願先提出這個難以啓口的要求。

壁鐘再度響起，是午夜幾時對他們來說已不重要，任誰也不能忍受如此的時光。於是一場男女戰事，終於在無預警的狀況下爆發，雖然他們曾經歷經過戰爭的洗禮，也從戰爭中得到許多經驗，但畢竟已是陳年往事了，記憶中似乎找不到這個多彩多姿的影像，但他們還是各自努力來滿足對方。當然，戰爭是有輸贏的，惟有這場美麗的戰爭除外。在這寧靜的秋夜裡，在他們重温新婚的美夢裡，如果戰爭與和平讓他們自由選擇的話，相信他們選擇的是——戰爭，而不是和平！

# 尾聲

四年一次的選舉又到了，候選人的旗幟飄揚在島嶼的每一個角落，文宣傳單滿天飛。一些投機的政客，透過不肖的樁腳，送香煙、送茶葉、送洋酒、送新台幣，招待旅遊、宴請選民，一些不法的情事相繼出爐。知識水準較低的村民，巴不得天天有選舉，天天有錢拿，天天有吃不完的選舉飯。

空金與春花似乎沒有受到他們的影響，每天依然忙於農事和家事，從不接受任何的物品和金錢，更沒有吃過一口選舉飯，夫妻倆坦坦蕩蕩，既心安，又理得。當然，也引起一些人的嘰諷：

「我說春花啊，四年才一次呢，別裝高尚，不拿白不拿，不吃白不吃，過了這個月，機會就沒有了。」

春花只是淡淡地笑笑，依然堅持著自己的原則。

投票的那天，她揹著二歲的兒子，帶了身分證、私章，和空金一同出現在投票所，投下他們神聖的一票。然而，過了沒幾天，多位村人被檢調單位約談，甚至還有某椿腳被當庭收押。他們夫妻已遠離政治，不談政治，只因為，政客的嘴臉，他們看多了，政客的謊言他們聽多了。一個常年與土地為伍的農人，一個相夫教子的家庭主婦，才是他們此生所欲追求的。

（全文完）

二００一年十一月脫稿於金門新市里

# 後記

在吵雜的「支持」和「當選」聲中完成這篇作品，我的思維並沒有受到政客的干擾和影響，這一套低俗的選舉文化是矇騙不了文學中人，不能兌現的競選支票與政客的嘴臉一樣醜陋；因而，遠離政治是我一生的堅持，我追求的是活時的尊嚴、死後的寧靜，以及這片不能被出賣的淨土。

《春花》這個故事在我腦裡已孕育了一段時間，但我依然不敢輕率地動筆，惟恐一些無聊的政客對號入座，用卑鄙的政治手段來干預文學創作，讓它沒有一個發表的園地。然而，如果文學屈服於政治，文學不能反映現實，對於一位長久從事文學創作的老年人來說，或許他的筆要預先放進棺木裡，上了天堂再寫，寫給陰間的孤魂野鬼看。因而，在寫完散文〈山谷歲月〉後，我深恐有一天會成為一個先智的老人，不得不盡速地把它記錄在生命的扉頁裡，縱然它還有很大的發揮空間，但若淪落成言情小說，是我不願意見到的。

我的字是獨創一格的「陳體」，有時自己寫來自己看不懂，幫我處理文書稿件的老友白翎，說我是在「畫符」，但他這個「聽字的」道行也不低，上猜下測，一句一句還是讓他給「聽」對了。今年六月，大女兒托運回來一部電腦，希望我沒事時按按鍵盤，唸唸大易輸入法的口訣，學學打字，以後就不必「畫符」了。然而，對電腦我是一竅不通，尤其是一位在塋前徘徊的老年人，手腦已遲鈍，記憶也衰退，無論想學什麼，都不是一件容易的事；為了老年人的自尊，也不好意思逢人就問，幸好幾位經常來往的朋友，不忍心看我獨自在摸索，每人傳授我一點小本事，讓我順利地用電腦把這篇作品寫完。而今，「乩身」已「退神」，「聽字」的「嘸代誌」，感謝老友白翎數年來的幫忙和協助。

在廣大的文學領域中，今年我交出的，依然是一張不及格的成績單。在春夏兩季裡，我曾試著以鄉土語言來寫詩，並先後完成了〈今年的春天哪會這呢寒〉、〈某政客〉、〈了尾仔囝〉、〈故鄉的黃昏〉、〈戒嚴前後〉、〈咱主席〉等六首，除了寫出我對故鄉的憂心和熱愛，也藉詩來反諷一些無恥的政客，以及白色恐怖與綠色執政的對比，試辦小三通所衍生的枝節等等。坦白說，在鄉土語言尚未訂出一套標準的字音字形時，如此的寫法，的確倍感艱辛，當然也不討好。因而，我暫停嚐試「咱的故鄉咱的詩」的創作，在秋冬兩季僅完成了散文〈山谷歲月〉以及長篇小說《春花》。若以量來說，或許是少了一些，而質呢？是向上提昇、向下沉淪，還是原地踏步？相信答案就在讀者的心目中。

想出版這本書，沒有牽強的理由，最終目的依然是做一個慚愧的紀念。對未來我不敢期許，只能珍惜現在。

感謝您，親愛的讀者們。

二00一年十二月於金門新市里

# 附錄

# 作者年表

一九四六年　民國三十五年
八月生於金門碧山

一九六一年　民國五十年
六月讀完金門中學初中一年級因家貧輟學

一九六三年　民國五十二年
一月任金防部福利單位雇員，暇時在「明德圖書館」苦學自修

一九六六年　民國五十五年
三月第一篇散文作品〈另外一個頭〉　載於正氣副刊

一九六八年　民國五十七年
二月參加救國團舉辦「金門冬令文藝研習營」

一九七二年　民國六十一年
五月由福利單位會計晉升經理，仍兼辦防區福利業務
六月由臺北林白出版社出版《寄給異鄉的女孩》初版一刷　文集
收一九六六——七一年作品，散文、小說、評論　各十篇
八月由臺北林白出版社出版《寄給異鄉的女孩》再版一刷　文集

一九七三年　民國六十二年
二月長篇小說《螢》　載於正氣副刊

五月由臺北林白出版社出版《螢》初版一刷　長篇小說
七月與友人創辦《金門文藝》季刊，擔任發行人兼社長，
撰寫發刊詞，主編創刊號
九月行政院新聞局以局版臺誌字第〇〇四九號核發
金門地區第一張雜誌登記證，時局長為錢復先生

一九七四年　民國六十三年
六月自福利單位離職，輟筆，經營「長春書店」

一九七九年　民國六十八年
一月《金門文藝》革新一期由旅臺大專青年黃克全等接辦，
仍擔任發行人

一九七四年——一九九五年　民國六十三年——八十四年

創作空白期

一九九六年 民國八十五年

七月復出

新詩〈走過天安門廣場〉 載於浯江副刊

八月散文〈江水悠悠江水長〉 載於青年日報副刊

九月中篇小說《再見海南島 海南島再見》 載於浯江副刊

一九九七年 民國八十六年

一月由臺北大展出版社出版發行三書：

《寄給異鄉的女孩》增訂三版一刷 文集

《螢》再版一刷 長篇小說

《再見海南島 海南島再見》初版一刷 文集

三月長篇小說《失去的春天》 載於浯江副刊

七月由臺北大展出版社出版發行

《失去的春天》初版一刷　長篇小說

一九九八年　民國八十七年

一月長篇小說《秋蓮》上卷〔再會吧，安平〕　載於浯江副刊

五月長篇小說《秋蓮》下卷〔迢遙浯鄉路〕　載於浯江副刊

八月由臺北大展出版社出版發行三書：

《秋蓮》初版一刷　長篇小說

《同賞窗外風和雨》初版一刷　散文集

《陳長慶作品評論集》初版一刷　艾翎編

一九九九年　民國八十八年

六月長篇小說《秋蓮》列入《一九九八年臺灣文學年鑑》

十月由臺北大展出版社出版發行

《何日再見西湖水》初版一刷　散文集

二000年　民國八十九年

三月長篇小說《失去的春天》、《秋蓮》、《再見海南島　海南島再見》、《同賞窗外風和雨》由行政院文建會編入《一九九九年中華民國作家作品目錄》

五月二十六日　散文〈朋友〉　載於浯江副刊

二十八日『金門縣寫作協會』「讀書會」假縣立文化中心舉辦《失去的春天》研讀討論會，作者以〈燦爛五月天〉親自導讀。

六月〈燦爛五月天〉　載於浯江副刊

九月長篇小說《午夜吹笛人》初稿完成

十月長篇小說《午夜吹笛人》　載於浯江副刊

十二月由臺北大展出版社出版發行

《午夜吹笛人》初版一刷　長篇小說

二〇〇一年　民國九十年

四月「今年的春天哪會這呢寒」——咱的故鄉咱的詩　載於浯江副刊

五月應縣藉導演董振良邀請，參加公視【走過戰地——金門半世紀】紀錄片，第二單元「穿上脫下」演出

六月「了尾仔囝」——咱的故鄉咱的詩　載於浯江副刊

十一月散文「山谷歲月」　載於浯江副刊

長篇小說《春花》初稿完成

十二月長篇小說《春花》　載於浯江副刊

二〇〇二年　民國九十一年

元月由臺北大展出版社出版發行

《春花》初版一刷 長篇小說

國家圖書館出版品預行編目資料

春　花 / 陳長慶 著. －初版
－臺北市：大展，民 91
面；21 公分－（文學叢書；10）
ISBN 957-468-126-2（平裝）

857.7　　91001466



# 春　花

ISBN 957-468-126-2

作　　者 / 陳　長　慶
封面攝影・指導 / 張　國　治
封面構成 / 盧　昱　瑞
校　　對 / 陳　嘉　琳
發 行 人 / 蔡　森　明
出 版 者 / 大展出版社有限公司
社　　址 / 台北市北投區（石牌）致遠一路 2 段 12 巷 1 號
電　　話 /（02）28236031・28236033・28233123
傳　　真 /（02）28272069
郵政劃撥 / 01669551
E－mail / dah-jaan@ms9.tisnet.net.tw
登 記 證 / 局版臺業字第 2171 號
承 印 者 / 高星印刷品行
裝　　訂 / 日新裝訂所
排 版 者 / 千兵企業有限公司
金門總代理 / 長春書店
金門縣新市里復興路 130 號
電　　話 / (082)332702
郵政劃撥 / 19010417 陳嘉琳帳戶
法律顧問 / 劉鈞男大律師
初版 1 刷 / 2002 年（民 91 年） 3 月

定價 / 200 元